FOLIO POLICIER

Boileau-Narcejac

Le bonsaï

Denoël

Pierre Boileau et Thomas Narcejac ont écrit une œuvre qui fait date dans l'histoire du roman policier et qui, de Clouzot à Hitchcock, a souvent inspiré les cinéastes : *Les Diaboliques, Les louves, Sueurs froides, Les visages de l'ombre, Meurtre en 45 tours, Les magiciennes, Maléfices, Maldonne...*

Chapitre premier

Le commissaire André Clarieux s'arrête devant la grille.

La fondation Carrington c'est ça, cet ensemble de bâtiments bas juxtaposés comme des dominos, cernés de près par les arbres d'un parc à première vue très vaste. Des silhouettes blanches s'affairent, autour de l'entrée. Les drapeaux américains et français flottent au-dessus des toits en terrasse. Grande impression de discipline et d'efficacité. Alors pourquoi ces lettres anonymes : *Go home, Allez ailleurs, On mourra sans vous...* Le divisionnaire, la veille à Caen, lui a dit :

– André, vous vous demandez ce que ça peut bien signifier : « On mourra sans vous. » Eh bien, cela signifie : « On n'a pas besoin de votre fondation, de vos soins, de votre fric. » « Votre centre antidouleur, c'est un mouroir comme les autres! etc. » Vous saisissez? La fondation Carrington est une espèce de clinique d'avant-garde où l'on soigne exclusivement les douleurs qui accompagnent certaines maladies inguérissables, certains cancers, par exemple. Ce que l'on veut, c'est d'abord permettre à des malades condamnés de finir leurs jours dignement. Je simplifie, bien sûr, et le Dr Argoux, qui dirige la fondation, vous expliquera tout cela mieux que moi. Ce que je tiens à souligner, c'est qu'il ne s'agit ni d'un hôpital, ni d'un dispensaire, ni de rien de semblable. Et surtout n'allez pas vous imaginer qu'on y pratique l'euthanasie. Mais vous n'empêcherez pas les gens de faire courir des rumeurs imbéciles. C'est bien pourquoi la fondation a mauvaise presse. Qu'est-ce qu'on ne raconte pas ! Que seuls les richards y sont admis... qu'on y fait travailler surtout du personnel américain... que les uns ont droit à une mort de luxe ! Pas les autres !

– C'est vrai ? questionne Clarieux.

– Pensez-vous ! En fait d'Américains seul William Carrington y habite, avec sa fille ! C'est tout ! D'ailleurs, le Dr Argoux, qui attend votre visite, vous mettra au courant. Il voudrait bien que cette campagne de dénigrement prenne fin, surtout en ce moment. Vous pouvez fumer, commissaire. Nous sommes entre nous. Et attention ! Le Dr Argoux est un futur prix Nobel, paraît-il ! Alors, du doigté !

– J'ai vu, en venant, que la ville est pavoisée. C'est à cause du débarquement ?

– Evidemment. Mais le 6 juin, ici, a encore plus de retentissement qu'ailleurs. Bayeux est un endroit encore plus historique que les autres.

– Je comprends. J'ai aperçu des cars, des touristes qui sont sans doute d'anciens combattants...

– Oui. Aujourd'hui est un jour de pèlerinage. On vous a retenu une chambre au Sofitel. Sinon, vous dormiriez à la belle étoile ! Ce qui ne veut pas dire que vous ne serez pas dérangé, car il y a des Américains un peu partout, et ils sont bruyants.

Le divisionnaire se lève, prend amicalement Clarieux par le bras et se fait confidentiel.

– Tu as carte blanche; si tu es embarrassé,

c'est à moi que tu t'adresses. Ça nous rappellera le temps de l'école de Police. Tu sais, ce n'est pas un cadeau, cette enquête... Encore une fois, vas-y en douceur. Carrington est un monsieur important. Tu visites. Tu jettes un œil partout. Tu te fais une idée et tu me rapportes ce que tu as pu observer. J'attache beaucoup d'importance à ton premier contact.

– Il est comment, le Dr Argoux ?

– Tu verras ! Tu verras ! Il t'attend.

– A qui ont-elles été adressées, ces lettres anonymes ?

– A Carrington, bien sûr ! Le pauvre homme est bouleversé et furieux. Lui qui a dépensé des millions pour ce centre, on le comprend !

Le commissaire s'arrête, la main sur la porte.

– Je n'aime pas beaucoup ça ! dit-il.

– Et moi ? Tu crois que ça me fait plaisir ?

Et à voix forte, pour le planton :

– Bonne chance, monsieur le Commissaire ! On compte sur vous.

Clarieux sonne, à la conciergerie. Un manchot vient lui ouvrir et le précède dans la longue allée qui mène au centre. D'habitude, il y a des convalescents qui se promènent sous les ombrages. Ici, personne, à l'exception d'un jardinier qui pousse une brouette. Devant le perron de trois marches, une ambulance est arrêtée. Deux infirmiers y remettent en place une civière, referment. *Fondation Carrington*. C'est inscrit partout, sur les portières. Deux petits drapeaux américains ornent les ailes de la voiture, lui donnant un bizarre aspect officiel. Il est vrai que le 6 juin n'est pas un jour comme les autres. Malgré tout, ce détail gêne un peu Clarieux. Il entre, « Commissaire Clarieux... ». L'infirmière qui est à la réception lui montre le couloir, à sa droite.

– La porte au fond. M. le Directeur vous attend.

Une moquette beige. Des peintures claires. Devant les fenêtres entrouvertes, sur des trépieds métalliques, des pots de fleurs. Cela ressemble à un hôtel. Clarieux lui accorde quatre étoiles pour la qualité du silence. Il aurait dû, peut-être, faire un peu de toilette, se donner une autre apparence que celle d'un policier en mission. Tant pis. Et qu'est-ce qu'il faudra dire : « Monsieur le Directeur » ou bien : « Docteur »? Bah! Il n'est pas là pour enquêter mais simplement pour rassurer : « Vous n'avez rien à craindre!... Les mauvais plaisants, c'est notre affaire. » Donc, une aimable familiarité, qui sera d'autant plus facile à observer qu'il laissera percer son accent de Toulouse. Il frappe. Il entre. Contact réussi. Le Dr Argoux est un petit homme volubile, qui ne lui laisse pas le temps de placer un mot. Fauteuil. Cigare... Je sais, on ne devrait pas... Votre divisionnaire est un homme charmant. Et en plus il vous aime bien. Ces lettres anonymes, ah! quelle chose odieuse! Mon ami Carrington en est malade! C'est bien simple, il songe à quitter la France.

Il n'y a plus qu'à laisser le docteur suivre sa pente.

– Vous vous demandez peut-être pourquoi je dis : « Mon ami Carrington. » C'est toute une histoire. Il y a quarante ans... le 6 juin, oui... Le sergent Carrington et moi, nous pataugions côte à côte dans les derniers rouleaux... Je servais alors d'agent de liaison. A la vérité, je ne servais à rien du tout car je venais de recevoir dans la jambe gauche une balle de mitrailleuse tandis que mon pauvre William écopait d'une balle dans l'épaule. On nous a ramassés ensemble, pleins de sang, de sable et d'écume. Soignés ensemble. Guéris ensemble... Et puis la victoire nous a séparés. Lui, reparti pour Salem, moi fixé à Paris...

Le docteur a oublié Clarieux. Il se promène maintenant dans le bureau, tout à ses souvenirs. Il touche machinalement les stylos-bille, alignés côte à côte, sur sa poche de poitrine.

– Nous nous écrivions ! continue-t-il. Lui, au début, dirigeait une affaire de machines agricoles. Moi, je devenais interne à Bichat dans le service du Pr Chaillon... Nous nous sommes mariés le même mois. Il est venu me voir à Paris. Il était déjà un homme très riche. Malheureusement, il buvait, et pas comme vous et moi ! Comme le font les Américains quand ils s'y mettent. C'est ce qui a causé son malheur.

Il s'arrête, enlève ses lunettes, s'enfonce les pouces dans les yeux, réfléchit et reprend.

– Si je vous embête, dites-le. N'ayez pas peur. Il ne s'entendait pas très bien avec sa femme. Et moi, avec la mienne, c'était pareil ! Si bien que nous avons divorcé la même année... Attendez... oh ! c'était il y a longtemps. Je ne me rappelle plus bien parce que moi, voyez-vous, j'étais fait pour rester célibataire. Mais Carrington, lui, a eu une petite fille, Maud... Une fille qu'il adore... et il a failli la perdre, par sa faute, en revenant d'un congrès... Sa voiture a capoté... sa femme a été tuée. Et la petite Maud a dû être amputée de la jambe droite...

– C'est affreux ! dit Clarieux poliment. Il y a longtemps ?

– Elle avait, je crois, une quinzaine d'années. Et maintenant elle a trente-cinq ans. Mais vous lui en donneriez dix-huit. Vous serez surpris en la voyant. Pour William, ce fut la catastrophe avec une majuscule, l'épreuve dont on ne se remet jamais. Et savez-vous ce qu'il a fait ? Il a créé l'industrie de l'orthopédie. Il est devenu dans cette branche le grand patron de la béquille, de la jambe artificielle, de la prothèse sous toutes ses formes, sans cesser d'être le malheureux père coupable, l'homme qui a mutilé son enfant ! Une espèce de forçat du remords.

Le docteur s'émeut de plus en plus, comme s'il était sur le point de se mettre à pleurer.

– Je vois, dit précipitamment Clarieux.

– Ah ! alors vous nous comprenez. Je dis : « nous » parce que je suis très attaché à Maud. Je la soigne depuis des mois, la pauvre enfant. Cette jambe, qu'elle a perdue, ne cesse de la faire souffrir.

Changeant de ton :

– Je vous offre quelque chose, commissaire ? En attendant le déjeuner... Nous déjeunerons chez William. C'est prévu. Vous me désobligeriez si vous refusiez. Nous reparlerons de ces lettres. Oui, cette jambe ne cesse de la faire souffrir.

Il rumine ses confidences. On voit remuer ses rides.

– La pauvre enfant ! répète-t-il. Aujourd'hui, on la sauverait, sa jambe. Mais il y a vingt ans... un jour de grande circulation... en rase campagne... Pas de chirurgien qualifié sous la main... des heures d'attente avant d'avoir une ambulance... un cauchemar... Horrible ! C'est à ce moment-là que le malheureux père a décidé de quitter son pays... On croit que l'Amérique c'est la patrie de l'organisation, du rendement ! Médecine d'avant-garde... personnel entraîné... C'est vrai à Seattle, mais vous direz ça à Carrington ! Bref ! Il savait que je m'étais spécialisé dans la traumatologie, plus exactement dans l'algologie. Il n'a pas hésité. Je l'ai vu arriver, bourré de projets. L'argent ? Il en avait. Le temps ? Il en avait. La volonté ? Il en avait. Il m'a littéralement pris à son service. Il fallait que je lui trouve un terrain, un architecte, des permis, et que je prenne la direction d'un centre entièrement consacré à lutter contre la douleur, un peu à l'image de l'hôpital St. Christopher, à Londres. Ah ! mon cher commissaire ! Vous n'imaginez pas cela ! Et d'abord où le ferait-on surgir, ce centre ? William, c'est une sorte de bulldozer. Il fonce. Il force les choses, les hommes. L'idée de Bayeux, c'est lui. A cause de nos souvenirs. L'idée de la fondation, c'est lui. Elle est alimentée par des fonds qui me semblent quelquefois inépuisables, tant il est généreux. L'idée de... mais excusez-moi ! Je parle. Je parle...

– En résumé, dit Clarieux, toutes les idées sont de lui...

– Voilà ! s'écrie le docteur. Absolument tout. C'est un organisateur-né. Et pas seulement ça ! C'est aussi un inventeur-né. Il a fait faire à l'orthopédie des progrès extraordinaires. L'appareil que sa fille est obligée de porter est entièrement de son invention. Il a travaillé dessus deux ans. Une vraie merveille mécanique... Mais... Il y a un « mais ». Cet appareil a beau être une espèce de vraie jambe, il ne supprime pas la douleur...

– Ah ! j'ai compris ! fait Clarieux. La douleur du moignon... Je sais cela, quand même !

– Attendez ! Ce que vous ne savez pas, c'est que, dans certains cas, cette douleur est absolument insupportable. Or, la pauvre gamine, elle a été amputée si haut, pratiquement tout en haut de la cuisse, qu'il est très difficile de fixer l'appareil sans créer une douleur qui, par moments, devient un supplice. Alors, vous apercevez le problème ?

– Oui, dit Clarieux. Le problème, c'est d'atténuer et peut-être un jour de supprimer complètement cette douleur.

Le docteur réfléchit, se gratte la tête avec une pointe Bic.

– C'est là, dit-il enfin, que j'interviens. Si William a des dons de constructeur, moi-même, je ne suis pas mal doué pour les recherches, bien qu'on me considère souvent comme un marginal. J'ai déjà obtenu des résultats dans le traitement de certaines douleurs. Mais voyez l'humour noir de ce que d'autres appellent la Providence. Cette petite Maud est d'un côté le cobaye de son ingénieur de père, et en même temps elle est le cobaye de l'homme de laboratoire que je suis. Et l'enjeu de cette affreuse partie que nous jouons à la fois ensemble et l'un contre l'autre, c'est cette jambe artificielle qui représente pour Maud sa seule chance de vie normale. Mais venez avec moi. Il est à peine midi. Nous avons encore le temps.

Il précède Clarieux dans un couloir encombré de paquets et de boîtes de carton.

– Ici, explique-t-il, c'est mon domaine privé. Malheureusement, je n'ai jamais le temps de ranger. Je vous précède, si vous permettez... Voilà mon laboratoire.

Clarieux ne peut cacher sa surprise. Ce mot de laboratoire lui rappelait les images conventionnelles d'un local plein de tubes, de cornues, de flacons bizarres. Or, ici, rien de tel. Il y a surtout des rayons chargés de livres, de revues, de cahiers, de classeurs. Et puis un vaste bureau supportant des registres aux pages marquées par des signets, une balance de pharmacien, des dictionnaires. Face au bureau, oui, là se trouve un élément de laboratoire, longue table de chêne rassemblant sur deux rangs des bocaux et, détail qui accroche le regard du commissaire, il y a aussi, dans l'angle le plus reculé, un coffre-fort à l'aspect imposant, plutôt un coffre de bijoutier qu'un coffre de savant. Le docteur s'en approche, lui donne une tape amicale.

– Tout est là! dit-il. Tout ce que mes recherches m'ont appris, du moins tous mes doubles. Vous voulez que je l'ouvre?

– Je vous en prie.

Le docteur tire de la poche de sa blouse – il a gardé l'habitude de la blouse blanche – une clef au dessin compliqué et manœuvre serrure et boutons. Sur plusieurs étagères s'alignent des fioles marquées, chacune, d'une étiquette rouge. Le docteur en prend une et la présente à Clarieux.

– L'élixir de détresse! dit-il, avec une sorte de respect. Ça, c'est un mélange de papavérine et de morphine, selon une proportion qui reste mon secret à cause de la législation sur les toxiques. Les alchimistes, à la recherche de la pierre philosophale, essayaient toutes sortes de combinaisons... A la vérité, ils mêlaient au petit bonheur les produits les plus divers. Eh bien, la douleur est quelque chose de si mystérieux que, moi aussi, je pense qu'il faut chercher à opérer les synthèses les plus bizarres, comme ça, au flair, à la chance...

– Et vous avez obtenu des résultats? dit Clarieux.

– Parfaitement.

Il ouvre un registre, pousse ses lunettes très haut sur son front, et son index court le long d'une colonne de mots écrits en rouge.

– Lisez vous-même.

Clarieux commence, à haute voix :

– Aiguë, vive, déchirante...

Il s'interrompt.

– Ça signifie quoi?

Le docteur ne cache pas sa satisfaction.

– J'ai classé les différents types de douleurs. C'est très instructif. Continuez. Vous en étiez à déchirante.

– ... déchirante, reprend Clarieux, fulgurante, irradiante, lancinante, térébrante, tenaillante, suffocante.

Il relève la tête.

– Oui, bon. J'ai compris. Vous avez en somme établi le répertoire des douleurs. C'est remarquable! Se peut-il que la nature nous réserve tant de maux? Mais est-ce que vous savez à quel genre de cause il convient de rattacher telle douleur? Par exemple, qu'est-ce qui produit une douleur térébrante?

Le docteur sourit.

– Tout ce qui est pointu.

– Et une douleur irradiante?

– Tout ce qui fouette..., etc.

– Et si je comprends bien, poursuit Clarieux, pour chaque type de douleur, vous avez l'élixir qui calme?

– Exactement. Ce n'est peut-être pas scientifique mais c'est efficace. Il suffit de savoir choisir et doser les produits dont on connaît déjà les propriétés générales, morphine bien entendu, strychnine, laudaprénine, cocaïne et ainsi de suite. On tâtonne forcément. On s'aperçoit, chemin faisant, que toutes sortes de sucs, de jus, d'huiles, d'essences, d'alcoolats puisent des propriétés surprenantes, en contact avec les calmants ordinaires. Tenez, le *Ginkgo biloba* avec l'opium est tout-puissant contre la brûlure du zona.

– Extraordinaire! murmure Clarieux. Et vous

pouvez vous procurer facilement tous les poisons dont vous avez besoin ?

– Ah ! ah ! plaisante le docteur. Voici le policier qui réapparaît. Ne vous inquiétez pas. Mon comptable tient mes livres d'une manière irréprochable.

Il replace le flacon sur son étagère, se masse les paupières d'un geste qui lui est familier, et referme le coffre.

– J'ai déjà guéri bien des misères, dit-il. Et je ne réussis pas à soulager notre petite Maud.

– Ah ! justement ! coupe Clarieux. Vous avez dit, tout à l'heure, quelque chose qui m'a beaucoup frappé. C'était à propos de vos rapports avec M. Carrington. Vous avez dit : « Maud est le cobaye de son père, et le mien en même temps », comme si elle était la cause d'une espèce de rivalité entre vous ! Je me trompe ?

– Non, non ! Il y a bien un peu de ça ! William, chaque jour, attend que je lui annonce : Ça y est ! J'ai obtenu la bonne liqueur, et chaque jour il est un peu plus déçu ! Tant de soucis, d'efforts, d'argent, d'espoirs qui n'aboutissent à rien. Depuis qu'il est installé ici, son humeur a bien changé. Cette petite, qui est tout pour lui, il refuse qu'elle soit une femme. Il ne supporte pas qu'elle se déshabille devant un médecin ! Même moi. Et pourtant comment voulez-vous qu'on soigne son moignon si on ne peut la palper, la masser, comme une infirme ordinaire. Il a construit une jambe qui est un chef-d'œuvre mécanique mais il ne veut pas comprendre que la cuisse artificielle blesse le moignon. C'est le moignon qu'il faudrait raffermir d'abord et la cuisse ne viendrait qu'après ! Mais non ! D'après lui, c'est l'attelage qui doit être mis au point d'abord, la chair, ensuite, s'habituant au contact avec l'appareil. Il est charmant, William, mais il n'a pas encore réussi à se débarrasser de son puritanisme !

– Et elle, dans tout ça ? demande Clarieux qui n'oublie pas qu'il est en mission. Une fille malheureuse pourrait bien être l'auteur des lettres anonymes ?

– Elle ! la pauvre enfant ! dit le docteur. Vous pensez bien qu'elle n'est pas heureuse ! Tout le monde la choie. Mais ça déchire le cœur de la rencontrer boitillant dans le parc. Elle est très belle et se sent tellement inutile. Et puis elle souffre. D'abord parce que son ancienne blessure ne la laisse pas en paix. Vous avez évoqué le fantôme des membres amputés. Eh bien justement, cette jambe fantôme s'accroche à elle, la brûle, la gratte, la pince, la flagelle. Pas constamment ! Mais soudain, comme une bête vicieuse. Et le pire, c'est que le malheureux William se fâche, dans ces moments-là ! Comme si, dit-il, ce prétendu fantôme était une façon de tourner en ridicule sa jambe artificielle ! Du métal, du plastique, du fil électrique, où voyez-vous un fantôme là-dedans ! Il perd tout sang-froid. Alors la petite s'applique à sourire, à marcher comme tout le monde ; elle est vêtue comme un garçon pour cacher son infirmité. Elle évite de se maquiller, elle...

– Mais vous m'avez bien dit qu'elle a trente-cinq ans ! l'interrompt Clarieux.

– Oui.

– Elle pourrait se marier ? choisir une autre existence ?

– Non. Sa jambe est un morceau de son père, greffé sur elle.

Clarieux secoue la tête, d'un air de doute.

– J'ai entendu bien des contes à dormir

debout, mais celui-là ! Au fond, n'importe qui, ici, révolté par tout ce que vous m'expliquez, a pu écrire ces lettres ! *Go home,* c'est-à-dire « retournez chez vous, avec vos fantasmes ».

Le docteur regarde sa montre.

– C'est l'heure. Mais je dois l'appeler, parce qu'il n'aime pas qu'on le surprenne.

Il y a un téléphone, au mur, derrière la porte. Le docteur décroche.

– Allô, Will ?... On peut venir ?... Bon ! On arrive. Oh ! ce n'est pas bien grave, j'imagine ? Non, ça ne fait rien. Le commissaire Clarieux l'excusera. A tout de suite.

Il raccroche le combiné et dit, d'un air gêné :

– Elle a un peu de migraine. Mais je suis sûr qu'il lui a défendu de se montrer. Il ne veut pas qu'un étranger laisse voir sa curiosité. Parlez-lui mécanique, il est aux anges. Mais bien entendu, qu'il ne soit pas question de Maud ! Le cas de Maud ne regarde personne. Que voulez-vous, il faut le prendre comme il est. Mais je m'arrangerai pour qu'il vous montre son musée.

– Un musée ?

– Vous verrez. Venez. Il habite à l'autre bout des bâtiments.

Le docteur referme soigneusement les portes et ils se mettent en route.

– On n'a jamais essayé de vous cambrioler ? demande Clarieux.

– Non. J'ai un veilleur de nuit qui connaît son affaire. Et puis je dors si près du labo.

– Combien avez-vous de malades en ce moment ?

– Vingt-neuf. Plus une dizaine d'hospitalisés à domicile. Nous disposons d'une trentaine de chambres, dont six sont réservées aux cas désespérés. Pour eux, nous avons un personnel spécialement formé... rien que des jeunes femmes dont la seule présence est un réconfort. Je vous ferai visiter ce quartier, après déjeuner.

– Et vos vingt-neuf patients, de quoi souffrent-ils ? Je veux dire y a-t-il un genre de douleur qui a votre préférence ?

– Oui, je comprends. Et c'est une bonne question, car nous nous intéressons d'abord aux amputés. Ne vous étonnez pas si nous croisons des estropiés en cours de traitement. C'est un centre d'essai, ici. Cela donne à la fondation un aspect de cour des miracles, on nous le reproche assez ! Mais les résultats sont bons.

– M. Carrington s'occupe-t-il de leurs appareils ?

– Oui et non. Il s'attache à en perfectionner quelques-uns plutôt pour garder la main, si j'ose dire. William est généreux mais dans les limites de son problème.

– Et son problème, c'est sa fille ! achève Clarieux.

– Voilà ! Après déjeuner, je vous montrerai les différentes parties de la fondation et je tâcherai d'être plus clair sur cette question de la douleur qui n'est pas simple, je vous prie de le croire. Mon interne viendra nous rejoindre. Patrick Melville, père français, mère anglaise. Très ami avec William mais c'est moi seul qui m'occupe de Maud.

Il s'arrête devant une porte marquée : *Privé* et sonne discrètement. La porte s'ouvre.

– William, c'est le commissaire Clarieux. William Carrington, commissaire.

Chapitre 2

William Carrington est un grand diable, à la poigne vigoureuse. Il s'appuie sur une canne.

– Crise de goutte, explique-t-il. Paul a beau imaginer des élixirs miraculeux, j'ai bougrement mal.

Avec son teint cramoisi et ses yeux très bleus, il paraît plus Normand que nature. Tout en lui exprime la cordialité sans façon d'un homme qui a rompu avec certains usages. Le docteur a eu raison de dire : il faut le prendre comme il est.

– Entrez, entrez ! Paul va vous montrer le chemin. A table ! Vous ne m'en voudrez pas si je me contente d'un menu ascétique.

Il occupe le pavillon qui donne par toutes ses fenêtres sur le parc. Le living, où est dressée la table, offre au soleil ses tableaux, ses miroirs, ses boiseries brillantes, ses vases fleuris, les cristaux des verres et des carafes.

– Tu te rappelles notre arrivée sur la plage ? dit Carrington. La lumière était moins belle !

Les voilà tous les trois attablés devant les hors-d'œuvre et leurs souvenirs ; Carrington emplit généreusement les verres ; il parle avec une gaieté un peu forcée. Il sait bien que le docteur a raconté Maud au commissaire et que le commissaire est persuadé qu'elle n'a pas la migraine. Et quand le docteur, en toute innocence apparente, note en passant que le commissaire est très amateur de modèles réduits, Clarieux, aussitôt, joue le jeu avec un naturel parfait.

– Simplement les trains, précise-t-il. Les motrices. Ce qui me passionne ce sont les problèmes de commande à distance.

Aussitôt, Carrington cesse de grignoter sa biscotte et regarde le commissaire avec une sorte de surprise émerveillée.

– Splendide ! murmure-t-il. Paul, tu ne m'avais pas dit cela. Moi aussi, commissaire, je suis un fanatique des robots. Et même, j'en construis.

Clarieux paraît sidéré.

– Ce n'est pas possible ! Ah ! docteur, vous êtes un cachottier !

Carrington est déjà debout.

– Vous voulez voir ?

– Mais, bon sang, prenez le temps de manger ! proteste le docteur.

Carrington sonne la servante.

– Laissez le poulet au chaud. On revient tout de suite.

– Bien sûr ! approuve Clarieux. Juste le temps de jeter un coup d'œil.

– Le couloir à traverser, précise Carrington.

» Mon musée ! annonce-t-il aussitôt... Du moins, la première salle.

Clarieux ne cache pas sa surprise. Aux murs sont accrochées toutes sortes de pièces d'orthopédie, des plus petites aux plus importantes.

– J'ai commencé par les jambières et les solerets, parce que c'est là que l'on trouve les fractures les plus difficiles à réparer. Approchez... Vous pouvez constater que les lames métalliques jouent souplement les unes sur les autres quand on plie le pied.

» Faire du souple avec du rigide, c'est ça, la grosse difficulté. Je me suis attaqué ensuite à la cubitière, qui est l'articulation du coude. Là, j'ai échoué. Il y a des blocages que je n'ai pas su résoudre, à l'époque. Car tout ce que vous voyez là, ce sont nos premiers essais. Après, j'ai inventé ce système de minerve qui fonctionne bien. Vous vous rappelez la mentonnière de Von Stroheim, dans *La Grande Illusion.* Une plaisanterie ! Il se serait écorché le cou s'il s'en était servi. Ça oui ! Ça tient sans blesser. Ces espèces de manchons, là, c'est pour mémoire. Ce sont des cuissardes auxquelles je voulais prêter l'aspect de la chair. Rien de plus bête à construire et rien de plus prétentieux. En matière de prothèses, il est complètement inutile de chercher la vérité de la nature. Ça, c'est la pièce la plus difficile à faire fonctionner. C'est la braconnière qui est une sorte de ceinture articulée. J'en avais abandonné la construction, mais j'y reviens, à cause de Maud.

Il s'arrête soudain.

– Ah ! vous avez réussi à me le faire dire !

Il a rougi. Il mâche une sorte de rage sourde. Clarieux se hâte de l'apaiser.

– Croyez bien que... rien n'a été prémédité...

– Peut-être, dit Carrington. Mais avouez que Paul n'a pas su tenir sa langue.

Le docteur, sa serviette au poing, apparaît sur le seuil de la pièce.

– Allons, allons, dit-il, conciliant. Personne n'a trahi personne. Mais n'oublie pas, Will, que le commissaire n'est pas venu en curieux. Il enquête. Et il est bien obligé de se renseigner sur tout le monde.

– Exact ! dit Clarieux. Vous avez des ennemis, monsieur Carrington. Ils peuvent s'en prendre, un jour, à votre fille, au docteur ! Veuillez donc m'excuser si j'ai forcé votre intimité. J'y étais obligé. Et faites-moi confiance. Vous me parliez d'une ceinture articulée...

Carrington hésite. Il a bien envie de mettre fin à la visite. C'est le docteur, encore une fois, qui sauve la situation.

– C'est une pièce superbe mais Will a fait mieux. Montre-lui la suite.

Ils passent dans la pièce voisine et Clarieux tombe tout de suite en arrêt devant un panneau auquel sont accrochées, comme des ex-voto, d'étranges choses abstraites qui ressemblent aux épaves d'un pèlerinage et qui sont des membres inférieurs, jambes et cuisses, réduits à des armatures de tubes métalliques.

Clarieux, confondu, hoche la tête en silence car il vient de comprendre, en voyant que ces prothèses sont rangées par ordre croissant de taille... Elles ont appartenu à Maud, successivement, à mesure qu'elle grandissait. D'ailleurs, des étiquettes, sous chaque pièce, indiquent la date : 1965 – 1970 – 1971 Modèle A. 1971 Modèle B. 1973... Clarieux tourne la tête. Tant d'amour cloué au mur, avec une espèce de brûlante indifférence... Il faut s'éloigner lentement, comme un visiteur simplement intéressé. Le docteur le prend par le bras.

– Par ici, le chef-d'œuvre, annonce-t-il, avec un accent d'amitié qui fait semblant de s'amuser.

Cette fois, rien n'est suspendu. Sur un établi où sont encore répandus de fins outils d'horloger ou d'électricien, il y a, couvert d'une toile, quelque chose d'allongé, d'anguleux, que Carrington sans un mot découvre. Clarieux se penche, fouille du regard. Bien sûr, c'est encore une jambe, si l'on veut. Mais cela ressemble plutôt à ce qu'on voit quand on démonte un poste de télévision, des fils, bleus et rouges, des ressorts, un câblage serré d'éléments métalliques, une boîte en matière plastique qui semble contenir un moteur, et d'ailleurs, sur la face interne de ce qui doit tenir lieu de cuisse, il y a des boutons de commande...

– Vous qui aimez les modèles réduits, dit Carrington. Allez-y! Soupesez!... Ce n'est pas fragile.

Avec une répugnance qu'il ne s'explique pas, Clarieux glisse les mains sous la chose, et se prépare à faire un effort important.

– Ah! par exemple! dit-il. Ça ne pèse rien.

Carrington se détend, s'humanise, s'essaie à sourire. Il consent à expliquer :

– Vous savez ce que c'est qu'une direction assistée, sur une voiture. A peine si vous avez besoin de toucher le volant. La voiture a beau être très lourde, elle se manœuvre avec un doigt. Eh bien, ici, le problème est le même. Un membre artificiel, d'habitude, présente une inertie considérable. Jambe et cuisse ne se meuvent qu'au prix d'un travail fatigant, qui se voit et s'entend d'une manière gênante. Avec mon système, au contraire, le mouvement du membre est relayé et amplifié par le dispositif que vous apercevez là, et l'on obtient sinon une démarche naturelle, du moins un pas très léger. D'où confiance, plaisir.

– Joie de vivre! achève le docteur.

Carrington ne peut retenir un rapide tic de la bouche mais opine. Il appuie sur un bouton bleu et aussitôt un frémissement se propage dans l'incompréhensible armature qui se met à bouger, avec la lenteur d'une patte de crabe battant l'air.

– Stupéfiant! dit Clarieux. Mais comment fixer cet appareil sur le corps du patient?

Nouveau silence. « J'ai encore fait une maladresse », se reproche Clarieux.

Non. C'est que Carrington réfléchit. Le malheureux tourne et retourne ce problème depuis si longtemps !

– La ceinture articulée ! suggère le docteur.

– Je ne vois aucun autre moyen, avoue Carrington.

Il sursaute comme s'il se réveillait, retrouve un ton enjoué.

– Et le rôti ! s'écrie-t-il. Paul, par ta faute, on va manger de la carne. La pauvre Mélanie, dans sa cuisine, qu'est-ce qu'elle doit penser. Allez, vite à table ! Excusez-moi, commissaire, mais je suis sûr que lorsque vous travaillez sur un modèle réduit, vous oubliez, comme moi, de manger et de boire. A propos de boisson, goûtez-moi ce vieux calvados. Et toi, Paul, cesse de faire la gueule ! Nous sommes le 6 juin. On a vingt ans.

Rapide brisure de la voix. Il enchaîne aussitôt, bravement.

– Oui, c'est vrai, il y a ce problème de la ceinture.

Tourné vers le docteur :

– C'est vrai, quoi ! Autant en parler ! La vérité, c'est que je ne vois aucun moyen simple de faire tenir la prothèse sur la hanche. Il y a bien le procédé du baudrier, pour soutenir une ceinture qui peut être très mince. Mais vous voyez d'ici ce harnachement ! Et puis le système prendrait vite du jeu. Or, la prothèse ne doit faire qu'un avec le corps.

– Et puis, enchaîne le docteur, il y a moignon et moignon...

Il a risqué sa phrase d'un ton de professionnel qui ne veut voir que l'aspect technique des choses et Carrington lui en sait gré, puisqu'il commente aussitôt...

– Si le moignon se tuméfie, c'est foutu. Je sais tout cela ! Mais si nous parlions de votre enquête, commissaire !

– Moi, je veux bien ! dit Clarieux. Mais en vérité, c'est que je ne sais même pas ce que je suis venu chercher. Le seul élément dont je dispose, c'est qu'on ne vous aime pas !

– Je sais, fait Carrington, tristement. Les Maghrébins, les Américains, tous dans le même sac. Et pourtant le centre apporte beaucoup d'argent à la ville.

Clarieux pointe sa fourchette vers le docteur :

– Combien de monde employez-vous ?

– Une cinquantaine de personnes. Rien que le quartier des Délivrés en mobilise une quinzaine.

– Les Délivrés, ça signifie quoi ?

– Ce sont les malades en attente de départ qu'on appelle ainsi. Le départ, pour eux, c'est évidemment la mort prochaine, dont on est sûr qu'elle est inévitable. C'est donc le service qui est chargé de rendre leurs dernières heures vivables, délivrés définitivement de toute douleur.

– C'est possible ? risque Clarieux d'un air de doute. Vous les engourdissez à force de calmants ?

– Mais pas du tout ! intervient Carrington. Explique-lui, Paul.

Le docteur réfléchit un peu.

– Le moment n'est pas très bien choisi, dit-il. Ce poulet mériterait plus d'égards. Mais enfin c'est toute la philosophie de l'algologie que vous devez connaître. L'algologie, c'est la science de la douleur, car il existe maintenant une science particulière, qui a pour objet la douleur seule, la douleur considérée comme étant une vraie maladie, indépendamment de ses causes organiques. Je prends un exemple. Il y a certains cancers qui, à partir d'un stade ultime, déterminent des douleurs qui, si l'on n'intervenait pas, réduiraient les malheureux à l'état de loques, en feraient des débris humains.

– Alors, vous y allez à coups de morphine ! coupe Clarieux.

– Mais pas du tout. Si nous sommes là, c'est pour prévenir ces horribles instants et tout mon travail, depuis des années, a consisté à mettre au point les analgésiques qui stoppent à l'avance les crises douloureuses, les produits vous les avez vus, tout à l'heure, dans mon laboratoire. A côté de la personne qui risque d'être en quelque sorte jetée hors d'elle-même par l'assaut du mal, nous disposons un flacon qui contient la préparation la plus apte à lui éviter l'épreuve, la potion de Brompton. Et c'est elle-même, sentant que la crise approche, qui absorbe une dose calculée de calmant. Elle le fait en toute lucidité. Bien entendu, je ne vous donne là qu'un schéma outrageusement simplifié de nos méthodes. Il existe tant d'autres types d'intervention, et notamment par voie chirurgicale. Je passe.

– Tu passes et tu bois un coup ! dit Carrington.

– Attends, je n'ai pas fini. Le commissaire est un profane qui doit bien voir ce dont il est question. Notre but c'est, à travers la maîtrise de la douleur, de chasser la peur de la mort. Chacun doit recevoir le don de ses derniers moments, pendant lesquels il demeure lui-même, maître de ses pensées et même de ses amours ! Qu'il soit triste, peut-être ! Mais surtout qu'il ne soit pas terrorisé. On a le droit de quitter la vie comme Socrate, en homme libre.

Carrington sonne Mélanie qui apporte la suite d'un air bougon.

Mais le docteur est lancé. Il a repoussé son assiette, bouchonné sa serviette. Il faut qu'il aille jusqu'au bout. Il croise les bras et poursuit, d'une voix passionnée :

– En temps normal, pas de problème : la douleur se confond avec sa cause. Mais si cette cause ne disparaît pas par un traitement approprié, alors la douleur commence à prendre, pour le malade, une existence propre. Elle rôde en lui. Il en redoute l'approche. Il essaie de pactiser avec elle. Je pense toujours à ce vers admirable, de Baudelaire, je crois, *Sois sage, ô ma douleur, et tiens-toi plus tranquille*... La douleur est devenue une partenaire, un vis-à-vis grimaçant, la hantise de chaque instant...

Carrington laisse tomber sa fourchette, la ramasse, le temps de se composer un visage, et dit :

– Songez aux amputés ! Ils ont mal à un fantôme, à quelque chose qui n'existe plus.

Le docteur intervient aussitôt :

– Voilà pourquoi, parmi les malheureux que nous accueillons, nous faisons un tri, faute de places... D'abord, les malades condamnés et les amputés. Et c'est cela qu'en ville on ne nous pardonne pas. Bien sûr, nous nous agrandissons, mais nous serons toujours débordés. Alors, on chuchote : « Si vous montrez patte blanche... Si vous êtes prêt à payer une fortune... » Vous devinez la suite !

Un silence, et puis le docteur se décide :

– On lui dit ?

Carrington hausse les épaules.

– Pourquoi pas ?

– Eh bien, voilà, murmure le docteur. Il y a

autre chose. Il y a que, à l'intérieur même du centre, nous ne sommes pas toujours d'accord sur nos méthodes... et puis quoi, autant le reconnaître franchement, je ne m'entends pas très bien avec le Dr Patrick Melville... Patrick a trente-cinq ans. C'est quelqu'un de brillant mais c'est un médecin à théories.

– Je peux savoir? demande Clarieux.

– Eh bien, en deux mots, il affirme que si j'ai raison, en ce qui concerne mon élixir, c'est-à-dire le traitement à appliquer aux grands mourants, je me trompe quand je soigne les douleurs rebelles à l'aide de produits chimiques. Il prétend que seule une psychothérapie très poussée peut amener la guérison. Tout cela est un peu caricatural, mais la querelle n'en est pas moins vive.

– L'expérience ne peut-elle pas trancher? objecte Clarieux.

– Justement! Nous nous disputons autour d'un cas très extraordinaire. Il s'agit d'un homme qui était chauffeur d'un car d'excursion. Il a eu un accident qui a coûté la vie à trois enfants et lui-même a été blessé. Traumatisme crânien, et bientôt névralgies faciales insupportables. Nous nous sommes chargés de lui à l'instigation du député de Bayeux. Et, chose curieuse, il présente à la fois des troubles physiques, que j'arrive à maîtriser grâce à un composé de noramidopyrine et de dipyrine notamment, et des troubles psychiques que soigne non sans succès mon jeune confrère. Et c'est ça le drame, qui divise tout le personnel, car ce garçon, Antoine Blèche, est particulièrement intéressant, soixante ans, célibataire, enfant de l'Assistance publique, etc., bref, tout ce qu'il faut pour qu'on parle de lui dans la feuille locale, et de nous, par la même occasion. Nous, « les Morticoles » comme ils disent. Qui a raison? Lui ou moi? Tous les deux, sans doute, s'il est vrai que la douleur est à la fois un nid de fantasmes et un dérangement moléculaire. Mais, à ce jeu cruel qui nous oppose, comme si un match était engagé entre nous, le centre a tout à perdre. Je l'affirme en présence de Will qui, lui-même, est partagé. Will, je peux dire cela, puisque nous devons au commissaire toute la vérité?

– Hou, hou! bredouille Carrington.

Clarieux sent qu'on vient d'effleurer un sujet dangereux. Mais sa curiosité n'a jamais été aussi excitée.

– Votre Antoine, dit-il, est-ce que je pourrais le voir?

C'est Carrington qui répond, peut-être pour montrer que, même dans le domaine médical, les initiatives viennent de lui.

– Autant que vous voudrez. Mélanie, le café. Vous voudrez bien m'excuser, commissaire. Je vous reçois mal, mais toutes ces mises au point étaient peut-être nécessaires!

– Encore une question. Je repense à votre cas. Si le Dr Melville était seul à traiter Antoine, est-ce que ses névralgies disparaîtraient?

– A la vérité, nous l'ignorons! avoue Carrington.

– Et inversement, l'usage de vos potions...?

Il n'achève pas, pour éviter de souligner combien lui semble étrange cette façon de faire passer l'intérêt de la recherche avant celui du patient.

– Et si je comprends bien, répond-il, chacun de vous a ses partisans...

Alors Carrington avec vivacité :

– Ce qui est en jeu, c'est le Nobel. Et le Nobel, c'est la suprême récompense, pour la fondation, vous vous en doutez!

Clarieux a bonne envie de relever le propos et de faire observer que la douleur est un peu oubliée, dans cette compétition. Il réfléchit, comme s'il abandonnait ce problème brûlant, et demande :

– Comment est composé votre personnel ? Je veux dire : quelle est la proportion des anciens et des nouveaux ?

La question a fait mouche. Carrington hésite.

– Il y a d'abord l'équipe d'origine, dit-il. Essentiellement, le docteur ici présent qui dirige tout, et le Dr Patrick Melville. Et puis, autour d'eux, tous les spécialistes dont nous avons besoin, depuis le cardiologue, l'anesthésiste, le préparateur, jusqu'au kinési... Je ne vais pas les énumérer tous.

Clarieux insiste.

– Tous ces praticiens sont simplement des auxiliaires ?

– Oui, bien sûr. Nous avons recours à eux au coup par coup, selon les cas.

– Et ça ne crée pas des jalousies ? Pour un médecin, travailler ici, c'est une espèce de promotion, j'imagine... ? Bon ! Je vois... et qu'en est-il du petit personnel ?

– Ah ! c'est là mon tourment ! s'écrie le docteur. Impossible de former et de garder les aides-soignantes dont nous aurions besoin. C'est une main-d'œuvre fluide, que même de très bons salaires ne réussissent pas à fixer. Alors, j'ai bien autour de moi de fidèles collaboratrices, secrétaires, infirmières qualifiées, mais le tout-venant est fait de contractuels assez peu efficaces.

– Hommes ? Femmes ?

– Surtout des jeunes femmes en chômage et des étudiants à court d'argent.

– Inquiétant ! dit Clarieux. Qu'un beau jour

quelque illuminé ou quelque saboteur s'avise de poser une bombe dans vos locaux... je ne veux pas vous inquiéter mais en général les lettres anonymes précèdent de peu l'action violente.

– Je sais! Je sais! dit Carrington. J'y pense!

Clarieux se lève.

– Pourrai-je rencontrer le Dr Melville? Puisque je dois rédiger un rapport, autant qu'il soit complet.

– Il doit être chez lui, s'empresse Carrington. Je peux lui téléphoner.

– Je vous en prie.

Carrington s'éloigne vers son bureau. Le docteur murmure, à voix basse :

– Ne soyez pas surpris si Patrick ne vient pas nous rejoindre. Nous sommes fâchés. C'est une situation idiote, je le reconnais, nous nous saluons. Nous échangeons quelques mots quand c'est nécessaire. Mais c'est tout. Chacun a son jour de garde et c'est Valérie qui nous sert d'intermédiaire. Je vous la présenterai. Chut!

Carrington revient, s'appuyant lourdement sur sa canne. Il prend le temps de s'asseoir.

– Saloperie de goutte! gémit-il. Il vous attend au parloir!

Coup d'œil navré du docteur qui signifie : Je vous ai prévenu. C'est un garçon impossible. Clarieux se hâte de prendre congé! Poignées de main. Les politesses du seuil. Il dissuade le docteur de l'accompagner.

– Je trouverai bien tout seul. Il n'y a qu'à suivre les flèches.

Ouf! Il n'est pas fâché d'être libéré. Ce centre anditouleur, s'il est efficace contre le mal physique, n'est peut-être pas aussi bien armé qu'on le croirait contre une autre sorte de mal dont le commissaire sent fortement la présence s'il ne réussit pas à s'en préciser la nature.

Il croise les infirmières, dont les coiffes, compliquées comme des cornettes, font de leurs chevelures des nids d'oiseaux. L'œil y trouve son plaisir, de même qu'il s'attarde, au passage, sur les reproductions de sculptures signées Maillol, Moore, Rodin, comme si la vie, ici, se devait d'avoir le dernier mot. Le parloir est une vraie salle de musée : paysages, natures mortes, copies célèbres. Devant un Picasso, le Dr Meville, rêvassant. Il se retourne, au bruit des pas. Poignée de main. Commissaire Clarieux. Enchanté. La petite minute d'observation rapide. Le Dr Melville est habillé comme un jeune d'aujourd'hui, avec une négligence qui s'arrête juste au bord de la provocation. Le jean d'un bleu usé, la veste de cuir façon motard, une aisance un peu veule de dragueur, et en même temps un merveilleux sourire juvénile, qui balaie les conventions et appelle le tutoiement.

– J'allais sortir, dit-il. La ville est impossible aujourd'hui, avec toutes ces musiques, ces défilés, ces vieux chnoques médaillés jusqu'au nombril. Mais d'ailleurs vous venez de parler avec Argoux, alors vous avez eu droit à un échantillon de cette faune. Bon! Ne restons pas là. Si j'ai bien compris, vous êtes un flic en mission de reconnaissance! Ainsi on se décide à mettre le nez dans nos affaires. Ça devait arriver. Venez, commissaire.

Chapitre 3

La chambre de Melville est à l'image de son occupant : Patrick va tout de suite au-devant de la silencieuse réprobation du commissaire.

– Faites pas attention. C'est un foutoir. Asseyez-vous sur le lit et finissons-en avec l'interrogatoire. Patrick Melville, trente-cinq ans... eh oui, les médecins mûrissent tard... né à Paris, père facteur et mère rien du tout parce qu'elle avait de l'asthme... c'est même pourquoi j'ai voulu faire mes études de médecine... pour elle. Ce qui ne l'a pas empêchée de mourir à l'âge où les femmes sont encore belles... Je suis venu ici parce que j'en avais marre de gagner moins qu'un instituteur.

– Et vous êtes considéré comme un jeune espoir ! termine Clarieux.

– Allez, commissaire, ne vous foutez pas de moi ! C'est le boss qui vous a dit ça ? Entre deux coups de calva ?...

– Vous n'êtes pas tendre avec Carrington !

– C'est vrai ! Le pauvre vieux Carrington ! Un bienfaiteur, d'après vous ! Eh bien non, justement ! Ce philanthrope est d'abord un P.-D.G., à la tête d'une entreprise qu'il gère à l'américaine... féroce qu'il est, le bonhomme ! Le rendement... le profit... le bénef... Vous comprenez ?

– Oh! oh! s'écrie Clarieux. Le bénef... Comme vous dites... Quand on n'a d'autre but que d'en finir avec la douleur.

– Mais ça paie, la douleur! proteste le docteur. La clientèle, ici, achète sa petite survie bien douillette au prix fort.

– Peut-être, admet Clarieux. Mais c'est ce qui vous permet, au Dr Argoux et à vous-même, de faire des recherches passionnantes...

Patrick sourit méchamment.

– Je vois qu'ils vous ont bien eu! Vous avez eu droit au grand jeu... Le malheureux père éploré... la fille infirme... encore une chance qu'ils ne vous aient pas imposé la visite de l'ossuaire...

– L'ossuaire? interroge Clarieux, étonné.

– Oui... la salle des squelettes! les prothèses périmées, si vous préférez!

– Mais ils me l'ont montrée!

– Alors?... Vous ne trouvez pas que c'est une idée de dingue? Croyez-moi, commissaire! Carrington est un paranoïaque! Argoux est un paranoïaque. Je suis un paranoïaque. Chacun de nous cultive, à côté de ses nobles sentiments, sa petite folie personnelle, sa petite ambition bien inavouable, bien grimaçante... Carrington dit : ma fortune pour soulager ma fille... mais ce qu'il est, tout au fond, c'est un mécanicien qui se prend pour un ingénieur. Argoux, brave cœur et pas bête, avec ça... cherche la poudre magique qui rendra la chirurgie inutile... oui, il a un vieux compte à régler avec la chirurgie, une de ces vendettas comme on en trouve seulement dans le petit monde de la médecine.

– Et vous? dit Clarieux.

Patrick éclate de rire :

– Moi! dit-il, je suis le pire de tous! Oui, si on m'écoutait, ce serait la psychiatrie qu'il faudrait rénover! Vous voyez d'ici les chambardements... les immenses intérêts qui seraient bousculés! Je vous assure qu'on assassine pour moins que ça!

– La douleur, là-dedans, dit Clarieux, qu'est-ce qu'elle devient?

– Elle est le leurre qui fait galoper les lévriers... et c'est un lièvre qui porte un nom. Pour nous, ici, c'est Maud, la fille de Carrington. Nous sommes trois à vouloir la guérir, par des moyens différents.

– Mais...

– Minute! Vous allez comprendre.

Patrick traverse la pièce, déplace des livres, des vêtements.

– Je peux vous aider? propose Clarieux.

– Vous ne doutez de rien! répond Patrick. Ici, c'est ma ménagerie. Les choses ne connaissent que moi. Ah! le voilà...

Il ramène une grande boîte à couvercle transparent.

– Je n'ai pas eu le temps de finir le paquet. J'allais acheter du papier cadeau quand nous nous sommes rencontrés.

– Qu'est-ce que c'est?

– Ah! qu'est-ce que c'est! plaisante Patrick. Bonne question. Regardez, j'ouvre et vous croyez voir un arbre! Et c'est vrai! C'est un arbre. C'est même un genévrier, âgé de cent cinquante ans, paraît-il.

Clarieux est prodigieusement intéressé.

– J'avais bien entendu parler des bonsaïs, mais je n'en avais jamais vu d'aussi près. C'est extraordinaire!

– Il mesure quatorze centimètres, dit Patrick. Admirez ce minuscule tronc convulsé, torturé. Mais l'ensemble reste gracieux. C'est comme le symbole poétisé de la souffrance. Elle va être contente.

– Qui ça?

– Maud. C'est un cadeau pour elle. Je ne sais pas où Marcel, le veilleur de nuit, se les procure mais il en trouve toujours. Déjà, elle possède des pins, des cèdres, des érables, toute une forêt naine qui occupe ses loisirs. Elle aurait pu s'attacher à un chien, à un chat, à un oiseau. Non! Elle a préféré adopter une forêt.

– Mais pourquoi des bonsaïs?

– Parce qu'ils sont, par leur feuillage, le charme et la beauté et par leurs branches et leurs troncs des infirmes. C'est elle un jour qui m'a dit : Je suis un bonsaï. Amusant, n'est-ce pas?

Il surveille Clarieux. Au moindre signe suspect il le jetterait dehors. Mais Clarieux se garde de rompre le silence par quelque banalité déplacée. Il contemple le minuscule genévrier, qu'il tient sur ses genoux comme une petite bête confiante. Il effleure sa cime d'un doigt précautionneux.

– Je comprends! murmure-t-il.

Nouveau silence. Mais la gravité ne convient pas au visage mobile du jeune docteur.

– Et si nous parlions des lettres anonymes? propose-t-il.

Avec précaution, il reprend la boîte et va la poser sur une table plus encombrée qu'un tréteau de bouquiniste.

– Tout à l'heure, fait Clarieux. Si vous le permettez, encore un mot sur cette jeune femme. Comment son père tolère-t-il vos rapports?

– Je n'aime ni le mot ni la chose! rectifie Patrick. Elle n'est pas ma maîtresse, c'est tout. Satisfait?

Clarieux regarde sa montre.

– Bientôt 4 heures. Et je n'ai pas fini ma visite.

Vous n'avez pas le temps de m'accompagner? J'aurais voulu voir le quartier de ceux que vous appelez les « délivrés ». Et pour finir, j'aurais bien aimé rencontrer cet Antoine, votre patient.

– Il ne vous parlera pas, dit Patrick. Depuis deux jours, il fait la grève de la faim. Il est sous perfusion. Mais je pourrai, moi, vous parler de lui et de sa paranoïa.

Il rit de bon cœur et ajoute :

– Lui aussi, bien sûr, il nourrit toute une petite couvée de fantasmes, vous vous en doutiez. Alors, faisons vite. Je voudrais donner son cadeau à Maud.

Il attend Clarieux, devant la porte; le commissaire s'attarde. Il regarde cette chambre, essaie d'analyser l'impression de gêne qu'il éprouve. Il y a de la mise en scène, dans ce désordre, comme si l'étrange garçon désirait choquer son entourage. Alors? Les lettres anonymes, pourquoi pas?

– Vous n'avez pas répondu à ma question! insiste-t-il. Est-ce que Carrington...?

– Lui? Il est tout entier à sa serrurerie. Il nous laisse bien tranquilles. Vous venez?

Les deux hommes longent un couloir où circule un chariot à roues caoutchoutées portant un plateau où sont empilés des toasts. Echange discret de saluts. Clarieux a de plus en plus l'impression de se trouver dans un palace. Ils prennent un ascenseur aux boiseries couleur de miel.

– Par là, dit Patrick, on descend au parking, en sous-sol, et on monte au premier, chez nos délivrés.

– J'entends de la musique, observe Clarieux, quand l'ascenseur les dépose à l'étage.

– Et pourquoi pas! dit Patrick. Ici, on essaie d'exaucer les derniers désirs de ceux qui sont sur le point de partir. Grâce aux mélanges savants du Dr Argoux, ils ne souffrent plus et ils jouissent en plénitude de leurs derniers moments. Les uns demandent de la musique! D'autres, de la lecture. Quelques-uns ont besoin d'un prêtre. La plupart ont auprès d'eux un être cher. Mais tout cela dans la plus grande discrétion. Ce que nous voulons éviter à tout prix, c'est l'émotion, qui réveille les douleurs.

Patrick s'arrête, retient Clarieux par la manche.

– Ce que cet établissement apporte de nouveau, commissaire, c'est précisément qu'il dédramatise la mort! Il en fait quelque chose de grave, bien sûr, mais en même temps de quotidien. La dernière heure reste une heure comme les autres. Le monde continue. Vous voyez?

– Oui, admet Clarieux. Je commence à voir.

Au moment où ils se remettent en marche, une porte s'ouvre et une jeune femme sort dans le couloir. Elle porte une blouse bleue et une jupe grise. Les cheveux coupés court. Pas de coiffe ni de bonnet. Pas plus de vingt-cinq ans. Patrick s'adresse à elle, familièrement.

– Où en est-il?

– Toujours pareil. Il se maintient mais il recommence à avoir mal. Je lui ai donné une cuillerée de plus.

Patrick la présente :

– Evelyne, une de nos trois hôtesses. Commissaire Clarieux, qui découvre la maison, non sans surprise, n'est-ce pas?

– Ça, vous pouvez le dire! Et ajoutez que j'admire. Puis-je vous demander en quoi consiste votre travail?

– Oh! ce n'est pas un vrai travail! proteste Evelyne. C'est uniquement de la présence. Il faut être là, toujours causer, écouter, rire quand on le peut. Jamais de larmes, surtout.

– Nos malades, dit Patrick, sont comme en équilibre au bord du vide. La mort, c'est le vide sous les pieds. L'agonie, la bonne, c'est comme une escalade. Il faut grimper, ne jamais regarder derrière soi, c'est tout. Le mourant ne doit jamais être seul. Une fois la douleur supprimée, il n'a plus qu'un pas à faire et il est de l'autre côté.

– Ce n'est pas tout à fait vrai! corrige l'hôtesse. Souvent, on se prend à aimer la personne qu'on aide. Il faut veiller à ne pas laisser deviner l'intérêt qu'on lui porte. Si un malade commence à dire : « Vous me rappelez ma fille », c'est fichu. Le sentiment est là, à fleur de conscience et prêt à se révolter! Comment vous expliquer cela! Ce qu'on essaie de faire, c'est de dépersonnaliser la mort. Si le mourant admet, peu à peu, qu'il n'est plus personne, il part tranquille. C'est bête, ce que je dis, n'est-ce pas, docteur.

– Pas du tout! proteste Patrick.

Il se tourne vers Clarieux.

– Je fais des cours à nos hôtesses, à la demande de Carrington. Pas facile de les former. Il y a toute une technique psychologique à apprendre. Cela ressemble à une espèce de posture mentale qui rappelle celle de l'accouchement sans douleur. Mais allons voir Antoine. Ah! celui-là, ce n'est pas simple. Vous avez encore l'esprit frais? Oui? Si je commence à vous expliquer en quoi consiste ma méthode, vous ne m'enverrez pas promener?

– Je vais m'accrocher.

– Bon! Alors, par ici!

– Hé! n'allez pas si vite! Vous me parlerez de votre méthode tout à l'heure. Et tâchez d'être plus clair. Qu'est-ce que ça signifie que le mourant part tranquille s'il a le sentiment qu'il n'est plus personne ? C'est du bouddhisme ou quoi ?

Patrick rit franchement.

– C'est du bon sens ! dit-il. Même pas ! de la psychologie de magazine ! Mais c'est efficace ! Voyez-vous, commissaire, notre pire ennemi, à nous, psychiatres, c'est la pitié. Il n'y a pas un de nos malades qui n'éprouve pour lui-même une grande pitié. Prenez Antoine – tenez, c'est ici –, voilà un pauvre bonhomme qui s'est construit de toutes pièces l'image d'un coupable. Suivez le raisonnement : je suis coupable et pourtant je ne suis pas un mauvais homme. Mais qui a pitié de moi ? Je vois bien qu'on m'en veut ! etc. Et, à cause de ce sentiment de pitié grâce auquel il existe, il est quelqu'un, il en arrive à se préférer à tout autre ; il aime et il déteste ce qu'il appelle sa faute. Il est Antoine, le pestiféré, le criminel. S'il a un peu d'imagination, il est Judas le damné. Alors, vous, médecin, comment allez-vous détruire cette carapace de mensonges maçonnés à coups d'orgueil et de panique... Hein ! Et pourtant il faut tâcher d'atteindre la pauvre âme souffrante. Il faut qu'il accepte d'entendre la voix qui lui dit : « Antoine, tu n'es qu'un pauvre type, comme moi, comme tous les autres. Personne n'est exceptionnel ! » Vous comprenez, maintenant, commissaire ?

Il met un doigt sur ses lèvres et pousse doucement la porte. Clarieux le suit sans bruit. Antoine semble dormir. Il est maigre, avec des plaques de barbe aux creux des joues. Un tuyau relie son poignet à une bouteille pendue à une potence.

– Il fait la grève de la faim, chuchote Patrick. Et il ajoute : contre moi, pour m'embêter...

Un liquide blanchâtre descend, en gouttes lentes, dans le tuyau transparent. Patrick vérifie le niveau, consulte un tableau accroché au pied du lit.

– Je ne sais pas, murmure-t-il, si vous avez jamais vu un chat perché sur une haute branche et qui n'ose plus descendre. Il appelle au secours. Vous amenez une échelle. Vous tendez le bras pour l'attraper. Il recule le plus haut possible, l'imbécile! Et quand vous êtes sur le point de le saisir, il se hérisse comme un rince-bouteille, il souffle, il crache, il essaie de vous griffer... C'est ça, la névrose du chat perdu. Et c'est exactement la même chose dans le cas de ceux qui refusent la mort. Ah! là là! Ce qu'on peut y tenir à son « moi ». Et plus il est banal et sans intérêt, plus on en fait un objet de musée. Sortons.

Ils se glissent dehors et Patrick hausse les épaules.

– Maud prétend qu'elle est un bonsaï! dit-il avec lassitude. C'est elle qui a raison, commissaire. Il faut qu'on s'entraîne à être autre chose! A mes élèves, je répète qu'il faut que chacun de nous apprenne à piloter sa névrose.

Ils font quelques pas en silence. Puis Patrick reprend, toujours à voix contenue pour ne pas rompre la paix du lieu.

– Vous tenez vraiment à savoir pourquoi nous sommes à couteaux tirés, Argoux et moi?

– J'y tiens, proteste Clarieux, façon de parler. Je suis là à cause des lettres anonymes, ne l'oubliez pas.

– Bon, d'accord. Voulez-vous que nous descendions dans le parc? Les fleurs ne mentent pas.

Un escalier revêtu d'une épaisse moquette brune les amène au jardin, d'où des allées se dispersent à travers le bois. Patrick passe familièrement son bras sous celui de Clarieux.

– Belle propriété quand même! fait-il, sur un

ton de regret. C'est un lycée qu'il aurait fallu construire ici! Bon! Parlons médecine! Tant pis pour vous. Eh bien, la vérité c'est que le Dr Argoux a plus de soixante-cinq ans et moi un peu moins de trente-cinq. Et à la vitesse où progresse la médecine, même si nos caractères collaient, nous appartiendrions quand même à deux mondes. Argoux, c'est la vieille thèse réductionniste : pas de douleur sans cause organique. Guérissez donc l'organe malade et du même coup vous supprimez la douleur. Il s'est depuis longtemps spécialisé dans la composition de poudres, d'onguents, d'élixirs qui, en abolissant la douleur, mettent le chercheur sur la piste des organes qui la provoquent. Et quand je dis « organes », entendez « molécules » car on s'aperçoit maintenant que la plupart des maladies relèvent d'abord de l'infiniment petit. Et sur ce point Argoux a raison : la parole est au chimiste. Si vous prenez le cas du stimulateur thalamique...

– Stop! coupe Clarieux. Le bonnet d'âne est en train de me pousser sur la tête.

Patrick cueille un œillet et le porte à son visage.

– je vous sens redoutablement malin, au contraire! dit-on. Bon, j'en finis avec Argoux, mais en vous signalant que sa théorie des objets fétiches...

– Stop.

– Non. C'est facile. Un petit effort. Argoux a découvert que chaque douleur, finement analysée et décrite, correspond à un objet déterminé. Par exemple, telle piqûre sera le fait non pas d'un clou ni d'une aiguille, mais d'une épine, etc.

» Et le complexe " douleur-épine " sera effacé par un produit bien précis, un cocktail, si vous voulez, de cocaïne, de morphine et d'héroïne à doses soigneusement mesurées. Et je ne dis pas qu'il a raison. Je dis que c'est son dada, sa poudre de perlimpinpin. C'est complètement dingue ! Ce qu'il oublie, c'est que la douleur peut se séparer de sa cause, être cultivée pour elle-même et cette fois c'est au psychiatre qu'il revient d'intervenir. Pourquoi telle douleur est-elle apparue ? Autrement dit : pourquoi la douleur-épine donne-t-elle lieu à des rêves qui en sont le commentaire effrayant. Par exemple, à l'épine va se substituer l'image du pieu ou de la lance et de proche en proche toute une cavalcade médiévale douloureusement supportée. L'élixir de mon confrère n'a pas vraiment supprimé la douleur. Il l'a fait passer du plan de la sensation au plan de l'imagination.

– Stop !

Patrick donne à son voisin un coup de coude amical.

– J'ai fini ! dit-il. Ce que je tiens à souligner, pourtant, c'est que l'expérience ne réussit pas clairement à nous départager. Dans le cas de Maud, il est certain que son moignon pourrait être traité par des procédés purement physiques, mais pas le fantôme de sa jambe. Le fantôme, c'est à moi ! Vous voyez le problème. Et comme Argoux a un caractère de cochon sous des dehors caressants, on ne cesse pas de se bouffer le nez, voilà ! Content ?

Clarieux réfléchit un moment.

– Hum, fait-il. J'ai compris quelques petites choses, au passage. Si j'essayais de les résumer, je dirais que, pour vous, tout malade est plus ou moins acteur, et qu'il rapporte tout à son rôle. Et si on le prive de sa douleur, il est capable de s'en inventer une autre, une espèce de prothèse psychologique !...

– Hou là! Et vous m'accusez d'être obscur! Mais je suis d'accord avec vous! Je dirai que, quand la douleur physique est maîtrisée, il reste toujours le risque de voir se développer une douleur de remplacement, une douleur de regret, qui appelle de nouveaux soins, requiert l'attention de l'entourage, et l'oblige à lutter à vos côtés. Prenez le cas d'Antoine : vous lui affirmez qu'il est guéri et il riposte par la grève de la faim. A la limite, il serait capable de se suicider pour vous prouver que vous n'avez rien compris à son mal. Au contraire, nos délivrés sont ceux qui ont accepté de déposer les armes. Pas des résignés! Non! Mais des dociles! Vous saisissez la différence! Le malheur c'est qu'elle n'est jamais bien comprise et qu'on nous soupçonne toujours plus ou moins de favoriser l'euthanasie. C'est ça, le vrai reproche, derrière les lettres anonymes! Insistez sur ce point, dans votre rapport.

Le commissaire regarde l'heure, à son poignet.

– Fichtre, dit-il, je m'oublie. Je vous ai fait manquer votre rendez-vous avec votre amie. Excusez-moi.

– Ce n'est rien, dit Patrick. Elle n'est sûrement pas loin. Où voulez-vous qu'elle aille?

– Où habite-t-elle?

– Dans l'autre aile, à côté de la bibliothèque. Elle lit beaucoup. Elle écrit beaucoup, aussi!

– A qui?

– A la télé. Vous savez, le courrier, « Nos lecteurs nous écrivent ». Elle se mêle activement à tous les mouvements d'opinions. Elle aime trouver sa signature, « Mlle Maud Carrington ». Elle pense qu'en sa qualité d'infirme, si j'ose dire, elle détient des vérités refusées aux autres. Elle a beau faire, il y a toujours en elle un vieux fond d'agressivité.

– Même contre vous ?

– Oui. Même contre moi.

Clarieux n'insiste pas. Il sent que Patrick, en dépit de sa lucidité professionnelle, n'est pas à l'abri des tourments qu'il traque chez ses patients. Il reprend, le premier, le chemin du centre.

– Pourrai-je vous revoir ? demande-t-il.

– Quand vous voudrez. Mais téléphonez-moi, d'abord.

– Et Mlle Maud ?

– Je vous arrangerai un rendez-vous. J'espère qu'elle acceptera.

Ils marchent lentement, côte à côte. C'est Patrick qui revient sur le sujet tabou.

– Savoir si elle acceptera ! dit-il. En ce moment, nous sommes un peu en froid. C'est même pourquoi je lui ai acheté son bonsaï.

Clarieux attend la suite avec curiosité.

– Ne mettez pas dans votre rapport ce que je vais vous confier.

Il réfléchit et ajoute :

– C'est tellement bête tout ça. Mais non ! pas aujourd'hui !

Il se tait. Il mâche la tige de son œillet, la crache.

– Je ne vous demande rien ! murmure Clarieux.

– Mais je m'en fous de ce qu'on pense ! lance Patrick. Je vous appellerai demain. Et bonne chance. Je suis de garde, je vous laisse ici. Ah ! encore un mot ! Dans ce centre antidouleur, tout le monde est capable d'écrire des lettres anonymes. Je suppose que cela soulage ! Bonsoir.

Chapitre 4

Le commissaire arrête son magnétophone et va fermer la fenêtre avec colère.

– Décidément, on ne s'entend plus ! Je sais bien qu'il est 8 heures et demie. Mais ces bougres-là ne dorment donc jamais !

Il appelle la réception et demande son petit déjeuner...

– Un grand pot de café, s'il vous plaît. Qu'est-ce qui se passe ?

– Ce sont des anciens de la 2e D.B. qui viennent d'arriver ! répond une voix de femme, tout émoustillée.

Clarieux raccroche en maugréant. Il reprend le micro de son magnétophone et, avant de dicter son rapport, il écoute les dernières phrases qu'il a enregistrées.

« En résumé, mon impression, c'est qu'il est trop tôt. Quand on entre dans cette clinique, on change de monde. Vraiment, on est ailleurs. » Il enchaîne aussitôt. « Des gens qui souffrent, qui ont souffert ou qui vont souffrir, forment une espèce de société à part. » Un temps. « Ce qui m'a frappé d'abord, c'est le silence ! Imaginez des malades qui attendent, qui guettent ! Le mal s'est-il éloigné ? Pour longtemps ? pour toujours ? Ou bien ne va-t-il pas revenir ? Et s'il revient, sera-t-il plus cruel ou plus clément ? La douleur, ici, c'est l'hôte invisible et tout-puissant. Si vous m'avez bien suivi, monsieur le Divisionnaire, vous devez comprendre qu'un " centre antidouleur " c'est forcément un endroit où on mène une lutte contre quelqu'un ! Eh bien, la douleur c'est quelqu'un. Voilà, c'est ce que j'ai découvert ! Et ceux qui se battent, les médecins, les infirmières, sont des gens marqués, comme les volontaires d'un corps franc. Et je t'assure, Charles, que je n'exagère pas. A toi de trier, de transformer ce rapport verbal en compte rendu bien peigné, bien anodin, mais, entre nous, il n'y a pas que les plages du débarquement près d'ici ! Il y a aussi un champ de bataille, en pleine ville ! Et c'est la fondation Carrington ! Il y a, dans ce milieu confiné, une espèce de fermentation qui m'inquiète. Aussi, je me propose, aujourd'hui, de m'installer là-bas, et de fureter de mon mieux ! Car enfin, ces lettres anonymes, qu'est-ce qu'elles signifient au juste ? Sont-elles une mise en garde ? Contre quoi ? Contre qui ? Ah ! tu peux te vanter de m'avoir confié un sacré boulot ! Demain, je t'enverrai un autre enregistrement. Ta secrétaire est adroite. Elle saura condenser, arrondir les angles. Je sais, monsieur le Divisionnaire ! Je prends des libertés inqualifiables. Il fallait envoyer un débutant. A demain. »

Clarieux arrête la machine, bâille, se gratte, va se regarder dans le miroir au-dessus du lavabo, tire sur la peau de ses joues, se fait une grimace, grogne :

– Entrez !... Bonjour... le plateau sur la table de nuit. Merci. Quand vous ferez la chambre, ne touchez pas à mon magnétophone.

Et soudain, le grelot discret du téléphone :

– Allô? monsieur le Commissaire... On vous parle...

Et tout de suite la voix du Dr Melville.

– Allô, commissaire. Je vous dérange, excusez-moi! Il paraît qu'on doit vous signaler le moindre incident. Je vous signale donc, de la part du Dr Argoux, qu'Antoine est mort.

– De quoi?

– Comment, de quoi? De sa belle mort, bien sûr! Crise cardiaque. Il était tellement faible. Vous savez, commissaire, c'est une délivrance! Depuis des mois qu'il traînait.

– C'est bon! J'arrive!

– Oh! mais, prenez votre temps. Aujourd'hui, c'est Antoine. Demain, ce sera quelqu'un d'autre! Nos pensionnaires sont ici pour ça!

Clarieux coupe. Ce ton vaguement sarcastique l'agace. Oui, évidemment la fondation Carrington se propose d'abord d'être la maison de la Mort douce. Normal que chaque jour, ou presque, soit marqué d'un décès. Mais, pour un policier, c'est là quelque chose de révoltant, comme si chaque mort était suspecte. Et c'est encore vrai que mourir est dans certains cas une délivrance. « Mais pas, grommelle Clarieux, quand on vient me mourir sous le nez. » Il fait une toilette rapide. Il sent que sa mauvaise humeur va durer longtemps. Et pourtant une belle lumière d'été est prête à l'accueillir, un soleil qui est comme une espèce de sourire suspendu, d'amitié éparse. Antoine est mort. Bien se fourrer dans la tête que ce n'est pas un drame. Clarieux décide de faire le chemin à pied. Ce qui entretient en lui un malaise, c'est cette obligation où il se trouve, par sa mission, de forcer sa pensée à rôdailler autour de l'idée de la mort. Qu'on se dise : « Il faudra bien en passer par là », d'accord! Mais s'entraîner à rompre, un à un, les liens dont le tissu est la vie même, la joie d'être là, avec les autres, la main cherchant la main. « Bon Dieu, sursaute Clarieux, si on parle de délivrance, on va parler d'euthanasie et j'en connais un, tout vieux briscard qu'il est, qui aura droit à l'engueulade maison, parce que, en haut lieu, l'euthanasie, c'est du crime à la petite semaine. Je les entends : " Et alors, qu'est-ce qu'il fout, votre commissaire ? " Allez ! mon bonhomme tu n'es pas payé pour philosopher mais pour enquêter sur la mort d'Antoine ! » Il se hâte et pourtant tout est bien tranquille, autour de la clinique. Dedans aussi. Le personnel va et vient comme d'habitude, souriant comme d'habitude. Marcel traverse le hall devant lui. Il salue. Encore un amputé. Encore un miraculé de Carrington car on ne s'aperçoit pas du premier coup qu'il est manchot. Clarieux apprend plus tard qu'il est le veilleur de nuit. Tout en suivant les flèches qui conduisent le visiteur vers la salle d'attente, Clarieux s'interroge : « Combien de mutilés sont-ils sortis du centre, et par conséquent des mains de Carrington, en quelques années ? C'est le genre de réflexion inepte qui rend plus sensible la sourde animosité qu'on nourrit contre soi, contre la mort, contre ces vivants au ralenti, chacun dans son alvéole, comme des larves. » Heureusement le Dr Argoux est là, sur le seuil.

– Désolé, commissaire. Je vous ai sans doute dérangé pour rien. Montons.

Ils prennent l'ascenseur. Argoux explique.

– C'est Véronique qui m'a fait prévenir. Elle nous attend dans la chambre d'Antoine, avec les trois autres gardes. Il y a Valérie, qui assurait la surveillance, de 22 heures à minuit ; Mme Lauviot, de minuit à 2 heures, Monique, de 2 heures à 4 heures, et Véronique de 4 heures à 6 heures. C'est elle qui a donné l'alarme. Antoine est mort durant son service.

L'ascenseur s'arrête et ses portes coulissent sans bruit. Clarieux reconnaît le couloir fleuri et parfumé. Il a envie de hausser les épaules, et, bougon, suit le docteur. Antoine est là, encore plus décharné que la veille. Le tuyau qui le reliait à la bouteille à demi pleine a été enlevé. L'une des gardes, en pyjama, pleurniche, au milieu du groupe des surveillantes. Les trois autres ont enfilé rapidement une robe de chambre et attendent qu'on les interroge. Mais le Dr Argoux fait approcher le commissaire et promène un index accusateur au-dessus des joues du mort.

– Vous voyez, dit-il. Cette couleur caractéristique. Visage cyanosé, traces de mousse rosée aux lèvres : œdème aigu du poumon. Dans l'état de faiblesse où il était, il est mort sans avoir eu le temps d'appeler. Une convulsion et c'est tout. Véronique, expliquez au commissaire. Il faut vous dire, commissaire, que Véronique fait un intérim. Elle remplace, depuis trois jours, l'infirmière en titre, Florence, qui est malade. Mais son travail est facile. On lui demande de rester à proximité du malade et, si elle constate quelque chose d'anormal, elle n'a qu'à sonner l'infirmière en chef, dont le bureau se trouve au bout du couloir. C'est tout. Or, elle n'a rien remarqué d'insolite, n'est-ce pas? Parlez! N'ayez pas peur!

– Quel âge avez-vous, Véronique? dit Clarieux.

– J'ai vingt-trois ans.

– Que faites-vous, quand on n'a pas besoin de vous, ici?

– Je suis étudiante.

– En quoi ?
– En architecture ?
Clarieux cherche le regard du docteur. En architecture ! Autant dire « chômeur ».
– Vous avez l'habitude d'assurer un service de nuit ?
Elle hésite. On voit qu'elle a envie de répondre : « Ce n'est pas difficile ! Il suffit de ne pas s'endormir. »
Clarieux enchaîne :
– Comment vous êtes-vous aperçue qu'Antoine était mort ?
Elle suffoque un peu, le nez dans un Kleenex bouchonné.
– Voyons, réfléchissez. Vous cousiez ? Vous lisiez ? Vous somnoliez ?
– Je lisais.
– Quoi ?
– *La Mort aux dents.*
– Ah ! Je vois ! Et de temps en temps, vous jetiez un petit coup d'œil sur votre malade.
– Non, pas du tout ! Pas sur le malade. Sur la bouteille. Tant que les gouttes passaient, j'étais tranquille.
– Et à un moment donné, dit Clarieux, vous avez remarqué qu'elles ne passaient plus ?
– Oui.
Le commissaire s'approche de la potence où est accroché le flacon transparent.
– On n'a touché à rien ? dit-il au docteur.
– A rien.
– Je constate que cette bouteille est encore presque pleine. Si je comprends bien, cela signifie que le goutte-à-goutte était stoppé.
Clarieux manœuvre le clip qui permet de doser l'écoulement du liquide.
– Voyons, docteur, je suis un profane, mais il

me semble bien que si le goutte-à-goutte cesse de fonctionner, sans que personne n'intervienne, c'est que rien ne s'écoule plus dans le corps du malade. Il est mort.

– Exact ! dit Argoux. Et je peux même préciser l'heure de la mort. Chaque bouteille contient un demi-litre et tout est calculé pour qu'elle se vide en 2 heures. Or, cette bouteille, la quatrième depuis hier soir, est encore presque pleine. Réfléchissez, Véronique. C'est important. Vous aviez pris votre service à 4 heures. Monique vous a communiqué les consignes. Plus exactement elle vous a dit qu'il n'y avait rien à signaler et qu'Antoine dormait bien. C'est bien ça, n'est-ce pas ?

– Tout à fait, dit Monique. C'est moi qui ai mis en place la quatrième bouteille, et qui ai réglé le débit, parce que Véronique ne savait pas bien s'y prendre.

– Et tout allait bien ?

– Très bien. On a partagé le café qui restait dans ma Thermos et je suis partie.

– Bon, fait Argoux, avec autorité. Si je mesure la quantité de liquide qui reste, je détermine du même coup la quantité de liquide qui s'est écoulée et par conséquent le temps qu'il a fallu. Et cela me donne exactement l'instant de la mort. Je résume : la bouteille a commencé à alimenter le goutte-à-goutte autour de 4 heures. Et, un quart d'heure plus tard, tout s'est arrêté. Donc Antoine est mort peu après, à 4 heures un quart. Attendez ! De 10 heures à minuit, Valérie, vous n'avez rien remarqué ?

– Non.

– Et vous nons plus, madame Lauviot ?

– Non.

– Remarquez que je ne vous accuse pas de

négligence, mais la machine aurait pu présenter des ratés. Non? Rien?

– Rien!

– Et vous non plus, Monique?

– Rien!

– Qu'avez-vous fait des bouteilles vides?

– D'habitude, c'est Marcel, le veilleur de nuit, qui les jette dans le broyeur.

– Parlez-moi de lui, intervint Clarieux. La nuit dernière, il est donc venu?

– Oui, dit Valérie. Il fait sa première ronde un peu avant 23 heures.

– Il s'arrête quelquefois?

– Oui, souvent, histoire de causer. Oh! bonjour, bonsoir! Pas plus. Ensuite, il repasse vers 4 heures et demie. C'est à ce moment-là qu'il emporte les bouteilles vides.

Clarieux se tourne vers Véronique :

– Vous l'avez donc vu?

– Bien sûr qu'elle l'a vu! s'écrie Mme Lauviot. Marcel aime bien flairer la chair fraîche.

– C'est vrai? questionne Clarieux.

La jeune fille est très embarrassée.

– Ne l'écoutez pas! dit-elle. Marcel et moi, on est du Morbihan. Alors, ça l'amuse, en passant, de m'envoyer un petit « Kenavo », un petit bonjour, quoi! C'est pas méchant.

Du côté des trois gardes, on s'agite, on ricane.

– Je vous en prie! coupe Clarieux. C'est à vous qu'on en revient, Véronique. Vous avez donc constaté que le goutte-à-goutte ne fonctionnait plus, qu'avez-vous fait?

– Je suis allée vérifier si la canule était bien fixée au poignet d'Antoine et j'ai pris peur parce qu'il ne respirait plus. J'ai attendu que Marcel soit revenu dans son bureau et je lui ai téléphoné d'ici! J'avais très peur!

– C'est à Mme Guilvinec qu'il fallait téléphoner. Elle est là pour faire face à ce genre de situation.

– Elle m'aurait rendue responsable! dit Véronique, plaintivement.

– Bon, bon! dit Argoux. On réglera ça plus tard. C'est donc Marcel qui m'a réveillé. Et non seulement il m'a annoncé qu'Antoine était mort, mais il a fait une réflexion qui, depuis, me trotte dans la tête. Il a ajouté : « Il est tout froid »...

– Et alors? dit Clarieux.

– Et alors, c'est vrai. Antoine est froid!

Clarieux regarde sa montre :

– Pas étonnant, dit-il. Il est presque 10 heures.

– Mais non! proteste Argoux. Quand Marcel m'a dit : « Il est tout froid », le goutte-à-goutte venait de s'arrêter depuis un tout petit moment.

– Ah! sapristi! s'écrie Clarieux. Alors qu'Antoine venait juste de mourir, il était déjà froid!

Cette constatation éclate comme une grenade. Elle est suivie d'un silence tel que personne n'ose plus bouger. Le premier, Clarieux reprend son sang-froid.

– Voyons..., dit-il.

– C'est tout vu! l'interrompt Argoux. Quand je suis arrivé, le corps était froid. Or, il aurait dû être encore tiède. Faites-moi confiance. J'ai l'habitude de ce genre de chose. Un cadavre ne se refroidit pas en un clin d'œil. D'où je suis amené à conclure qu'Antoine n'est pas mort aux environs de 4 heures un quart mais plus tôt.

– Ah non! proteste violemment Monique. Avant 4 heures, c'était mon tour de surveillance, et je sais bien qu'Antoine était vivant puisque c'est moi qui ai procédé au changement de bouteille. Et quand j'ai quitté Véronique, le goutte-à-goutte fonctionnait parfaitement. Je ne permets pas que...

Sa voix se brouille.

– Allons, allons! dit le docteur. Pas de larmes, s'il vous plaît! Nous éclaircirons ce point plus tard, à tête reposée. Rentrez chez vous.

– Moi aussi? demande plaintivement Véronique.

– Oui! vous aussi! Et calmez-vous! Le pauvre Antoine est mort de sa belle mort. Vous n'y êtes pour rien.

Les quatre femmes sortent et à peine se sont-elles éloignées qu'on les entend qui se querellent.

– Quelle histoire! fait Argoux avec accablement.

– Carrington n'est pas au courant?

– Non. Pas encore! Cela va lui porter un coup. Vous avez vu : ces femmes commencent déjà à se disputer. Dans une heure, tout le centre va être en ébullition. Et après, les échos vont répercuter des bruits absurdes. Ce soir, la presse locale posera la question : « Que se passe-t-il à la fondation Carrington? » Car enfin, commissaire, il s'est passé quelque chose! Ce n'est pas à vous que je cacherai la vérité! Si Antoine est mort avant 4 heures, c'est que... Ah! tenez! Je ne veux même pas y penser...

– Le Corbeau y pensera pour vous! dit Clarieux. L'occasion est trop belle de semer un peu partout des lettres anonymes! Je ne vois qu'un moyen d'arrêter les cancans! C'est l'autopsie. Prouvez qu'Antoine a été emporté par une crise cardiaque et cette histoire de goutte-à-goutte tombera d'elle-même.

– Mais si je réclame l'autopsie! objecte le docteur, cela va prendre tout de suite les proportions d'une affaire criminelle?

– Mon cher docteur, dit Clarieux, c'est une affaire criminelle. Je suis presque sûr que quelqu'un a débranché le tuyau, à un moment quelconque.

– Non! affirme Argoux avec force. Il n'aurait pas suffi de débrancher. Antoine aurait pu vivre un certain temps sans goutte-à-goutte.

– Qu'est-ce qu'il recevait?

– Un mélange de glucose, de lipides, de protéines, etc. Ce qu'on donne, d'habitude, pour soutenir. Vous comprenez... Sa vie n'était quand même pas suspendue à ce liquide... Enfin, pas d'une manière tellement étroite que toute coupure risquait d'être fatale. La preuve, c'est qu'il faut bien interrompre un instant le goutte-à-goutte pour changer les bouteilles!

– Mais, cette Véronique... Vous êtes sûr d'elle?

– Carrington l'a engagée sur la recommandation de sa fille. Et puis, elle ne connaissait pas Antoine. Alors pourquoi aurait-elle voulu le supprimer?

Clarieux va, encore une fois, observer le visage du mort, réfléchit, hoche la tête, murmure « Dire que c'est sur moi que ça tombe », et saisit le bras du docteur : « Sortons. »

Mme Guilvinec, l'infirmière-major, les attend dans le couloir. Argoux coupe court à tout commentaire.

– Personne ne doit entrer dans cette chambre jusqu'à nouvel ordre.

Il n'attend pas de réponse et entraîne Clarieux.

– Je crois que c'est un coup dur pour vous personnellement ? dit le commissaire.

– Encore plus que vous ne pensez ! gémit Argoux. J'allais essayer sur lui un nouvel antalgique à effet prolongé, qui l'aurait débarrassé non seulement de ses douleurs mais surtout de ses fantasmes. Le Dr Melville se trompe quand il... bon ! Laissons cela ! Je trouverai bien un autre amputé à traiter...

– Amputé pour amputé, hein, qu'est-ce que ça peut faire !

L'ironie un peu aigre du propos échappe au docteur, tout entier à ses préoccupations.

– Mon ami William a un grand projet ! continue-t-il. Si je vous en parle, c'est parce que la disparition inattendue d'Antoine risque de lui nuire. En quelques mots, William a l'intention d'organiser ici une semaine des amputés suivie d'un congrès médical qui réunira les plus grands spécialistes. Les bâtiments en construction formeront le noyau d'un nouvel établissement réservé à la rééducation des grands mutilés.

– Grâce aux appareils Carrington ? suggère Clarieux.

Cette fois, le docteur s'émeut.

– Evidemment ! dit-il. William se ruine, vous n'avez pas l'air de vous en douter !

Et, cédant à une brusque émotion, il passe son bras sous celui du commissaire.

– Aidez-nous ! murmure-t-il. Si vous pouviez empêcher l'enquête de faire des vagues. Nous avons un ennemi dans cette maison. Je ne sais pas qui !

Clarieux, d'un rapide mouvement de l'esprit, fait défiler Melville, Maud et ses bonsaïs, les quatre infirmières et, de proche en proche, les malades eux-mêmes, ceux du moins que le Dr Argoux essaie d'arracher à la douleur... et puis la poignée de fanatiques qui barbouillent les murs de leurs *go home* au goudron. Se peut-il que la fondation Carrington, si calme, si accueillante, si philanthropique, soit rongée par un complot dont Antoine serait la première victime?

– Excusez-moi, dit Clarieux. Une petite distraction... Oui, je vous écoute, c'est la mort d'Antoine qui me tarabuste... bien sûr, je vais faire mon possible pour que l'affaire ne sorte pas des limites d'une enquête de routine. A ce propos, est-ce que vous enregistrez beaucoup de décès?

– Pas mal! dit Argoux. C'est notre raison d'être. N'oubliez pas qu'on vient ici non seulement pour échapper à la douleur mais pour guérir de la vie, si j'ose parler comme Socrate.

– Combien d'obsèques?

– Peu importe. Sachez seulement que tout se passe discrètement.

– Et si quelqu'un veut exprimer ses dernières volontés au dernier moment?

– Nous avons un notaire attaché à la maison. Mais je crois, mon cher commissaire, que vous êtes en train de construire un roman!

– C'est mon rôle de fureter dans les coins! Ce qui me gêne, ici, c'est qu'on y prépare tout en vue de la mort et de la guérison! Les deux à la fois. Mais pardonnez-moi... Je vous retiens alors que vous avez à vous occuper des formalités. Ah! encore une question et je vous lâche. Quelqu'un m'a parlé du quartier des amputés. Pourrais-je y jeter un coup d'œil?

– Oui, bien sûr. Demandez à Mme Guilvinec qu'elle vous accompagne.

Mme Guilvinec est très émue.

– Ce pauvre Antoine, dit-elle, croyez-vous! Mais en un sens c'est une délivrance. Il ne souffrait pas beaucoup, mais il traînait... il traînait !... Ah ! monsieur, quand on n'a plus sa tête, il vaut mieux s'en aller...

– Parce que vous croyez qu'on l'a aidé ?

Mme Guilvinec lève les mains comme si elle voulait s'abriter derrière elles.

– Ce n'est pas à moi d'en juger, dit-elle, mais si c'est le cas, eh bien, tant mieux ! Tout le monde approuvera.

– Vous êtes pour l'euthanasie ?

– Pourquoi pas ! Je suis croyante, moi, monsieur. Et je suis sûre que nos défunts sont heureux, là où ils sont. Je sais, tout le monde n'est pas de mon avis. Mais ici, voyez-vous, il n'y a presque plus de frontière entre la vie et la mort.

Clarieux se promet de citer cette phrase dans son rapport.

– Si je comprends bien, reprend-il, le centre abrite trois catégories de malades. Il y a d'abord ceux qui sont perdus et qu'on prépare à une mort décente, une mort qu'ils réclament et c'est pourquoi on ne peut pas, en ce qui les concerne, parler d'euthanasie. Enfin, ça se discute ! D'accord ?

– Oui.

– C'est plutôt le Dr Melville qui s'occupe d'eux ?

– Oui.

– Ensuite, il y a ceux qui souffrent de douleurs horribles mais dont la vie n'est pas directement en danger. Ils sont traités par le Dr Argoux...

– Qui fait des miracles ! ajoute l'infirmière.

– Et puis, continue Clarieux, il y a les amputés, qui sont appareillés en général par M. Carrington et qui sont soignés à la fois par le Dr Melville et par le Dr Argoux. C'est bien ça ?

– Oui.

– La fille de M. Carrington entre dans cette catégorie ?

– Si l'on veut ! Je dirais plutôt qu'elle va de l'un à l'autre. Ça dépend des jours, mais interrogez plutôt ces messieurs...

– Je suppose que les amputés qu'on soigne ici ne sont qu'une très petite minorité ?

– Oui, quelques cas exceptionnels, mais cela fait encore pas mal de monde, si vous considérez la quantité des accidents de toutes sortes.

– En ce moment, combien y a-t-il, ici, d'amputés en traitement ?

– Sept. Sans parler de Mlle Maud. Quatre jambes coupées et trois bras plus ou moins raccourcis.

– Et ils ont tous des membres artificiels ?

– Oui.

– Vous pouvez m'en communiquer la liste ?

L'infirmière hésite.

– Je suppose que vous avez tous les pouvoirs ? dit-elle. Venez...

Elle l'emmène dans un petit bureau encombré : téléphones, tableaux aux nombreux voyants, emplois du temps aux murs, quelques vues aériennes du centre, et une grande photo de W. Carrington. Elle lui montre un fichier.

– Voyez vous-même.

Clarieux épluche, et constate que le fichier contient beaucoup plus de sept noms.

– Où sont les autres ?

– Un peu partout. On ne garde que les cas les plus intéressants.

– C'est-à-dire ?

– Les vrais infirmes, ceux qui supportent mal leurs prothèses. Les autres retournent à leurs occupations, mais ils reviennent périodiquement pour vérification.

Chapitre 5

– Quand la police est là, dit Patrick, on peut s'attendre à tout. Je viens d'être prévenu par Véronique. Ainsi, c'est le pauvre Antoine qui...

– Qui quoi ?

– Je m'entends... Et vous allez voir le scandale ! Vous avez tiré au clair cette histoire de goutte-à-goutte ?

– Pas encore !

– Allons examiner ça de près.

Antoine n'était déjà plus qu'une silhouette anonyme que deux infirmiers s'apprêtaient à emporter. Le docteur examina le corps, un coup d'œil au visage, un coup d'œil au poignet.

– Enlevez ! dit-il. Nous l'étudierons mieux à la morgue. Le centre possède une morgue, vous ne le saviez pas ? Et une chapelle ! Les clients paient assez cher pour avoir droit à une belle cérémonie.

Ce disant, il palpe le tuyau qui, de la bouteille, se raccordait au poignet d'Antoine. Il le fait défiler lentement, comme un metteur en scène qui étudie un film image par image.

– Non, murmure-t-il. Pas de trace de piqûre. On aurait pu planter une aiguille dans le tuyau et y introduire directement quelque toxique. Natu-

– Ça signifie quoi?

– Que M. Carrington ne cesse de perfectior ses modèles et il lui arrive souvent de rempla une prothèse par une autre, plus pratique. Gra tement, bien entendu. M. Carrington, voyez-vo n'est pas un commerçant. C'est un inventeur, fait beaucoup de jaloux, parce qu'on vient ici toutes sortes d'endroits.

Elle chuchote.

– Ça ne fait pas toujours plaisir aux confrère Alors, ils font courir des bruits. Il y a ceux q disent que le Dr Argoux est en train de mettre a point une espèce de mécanique qui remplacer les chaises roulantes. Et ils ajoutent tous qu'il fau se méfier, et qu'on n'est pas en Amérique et que c'est trop facile d'entretenir des espérances qui sont toujours déçues... Qu'est-ce que vous voulez, les gens sont méchants.

– Bon, bon! dit le commissaire. Je vous remercie. Savez-vous où je pourrai rencontrer le Dr Melville?

– Mais, tenez, le voilà. Il vient vérifier ses patients. C'est l'heure!

rellement, commissaire, vous désirez une autopsie ?

– Bien sûr ! Et faite par le légiste. Surtout pas par quelqu'un d'ici !

– Vous pensez à moi ?

– A personne. Mais comme il s'agit très vraisemblablement d'un meurtre il faut que tout soit fait dans les règles. D'ailleurs, vous aussi, vous avez tout de suite envisagé le meurtre. Pourquoi ?

Le docteur a enlevé la bouteille de son support et l'examine avec soin.

– Tout me paraît normal, dit-il.

– Vous ne m'avez pas répondu !

– Une impression, commissaire. C'est au moment où apparaissent les lettres anonymes que le décès d'Antoine a lieu. C'est pour le moins curieux. Et qui en subit le plus gros dommage ? Pas Antoine, le pauvre vieux. Il ne comptait plus guère. Mais le Dr Argoux, oui ! Et moi aussi ! Chacun de nous prépare un mémoire. Lui, sur les vertus curatives d'un certain mélange dont il tient la formule sous clef, dans son coffre. Et moi, sur l'imagerie de l'inconscient dans ses rapports avec les différents types de douleurs...

– Stop, encore une fois !

– Comment voulez-vous que je dise ? Il n'en demeure pas moins qu'en s'attaquant à Antoine, c'est nous qu'on vise.

– Et pourquoi ?

– Pour accréditer le bruit que nous gardons en vie certains patients pour nos travaux. Exactement comme il y a des laboratoires où l'on élève des bêtes pour faire des expériences sur elles ! Vous n'avez aucune idée de la bêtise et de la méchanceté des gens ! Ajoutez à ça que l'industrie de la prothèse est très mal vue. Carrington est tellement naïf ! Il a eu le tort d'éditer un dépliant où sont présentées ses plus récentes prothèses, exactement comme s'il s'agissait de sous-vêtements dans un catalogue de La Redoute, avec les dimensions, le poids, le prix...

– Et c'est cher ?

– Vous imaginez : métaux légers, pièces de rechange, etc., tout ce qui peut indisposer quelqu'un de grincheux. Alors on crie à l'indécence. Et, bien entendu, les marques rivales se livrent à une active contre-publicité. Savez-vous la dernière idée de Carrington : la prothèse kit, qu'on peut monter soi-même. A l'usage des éclopés du Tiers Monde. C'est surtout ça qu'on ne lui pardonne pas ! Un matériel hypersophistiqué pour les riches ! Et une mécanique de quat' sous pour les pauvres. Son conflit avec Maud n'a pas d'autre cause. Elle lui reproche de nuire aux vrais centres antidouleurs avec sa fondation tapageuse.

Il remet la bouteille en place et attire le commissaire dans un coin de la chambre.

– Je n'ai pas de conseils à vous donner, mais, à votre place, je me ferais remettre la liste des personnes en traitement ici depuis le début. Cela vous donnerait une idée du genre de clients choisis par le patron. Il n'accepte pas n'importe qui, vous verrez ! Demandez-vous pourquoi !

– Oui, peut-être... Quand j'en aurai le temps...

Clarieux déteste qu'on intervienne ainsi dans une enquête en cours.

– En attendant, dit-il sèchement, c'est à Carrington lui-même que j'aimerais parler, ainsi qu'à sa fille.

– A cette heure-ci, vous les trouverez sûrement ensemble. Ils ne cessent pas de se quereller mais ils ont l'habitude de se réunir pour le petit déjeuner. C'est le moment où Carrington vérifie la jambe artificielle de Maud. L'a-t-elle bien attachée? Souffre-t-elle? Où?... Fais voir ce moignon?

– Qu'est-ce que vous en savez, docteur?

– C'est elle qui me l'a dit. Elle est son mannequin! Il la fait marcher, tourner, s'asseoir, se relever. Tiens-toi droite. Ne fais pas cette grimace! Argoux est un âne. On voit bien que la cuisse frotte... Pardonnez-moi, commissaire! je ris mais c'est malgré moi! Et qui verrait que la cuisse frotte puisque personne, à ma connaissance, sauf son père, et peut-être Argoux, n'a jamais regardé sous ses jupes. Les huiles, les onguents, les pommades inventés par ce pauvre Argoux, c'est Maud elle-même qui les essaie. Est-ce que vous pouvez imaginer ce trio! Tous les trois plus paranoïaques que nature... A la tête d'un établissement dont la vocation est de supprimer la douleur. C'est à ne pas croire! Attendez un peu, commissaire, avant de les questionner. Laissez Carrington digérer ce coup dur.

– Vous avez offert son bonsaï à Maud?

– Pas eu le temps. Nous irons ensemble. Ma chambre est peut-être un bordel. Mais celle de Maud, à coup sûr, est une cellule. C'est le carmel. Vous devez voir ça. Après nous déjeunerons au réfectoire. A tout à l'heure!

Clarieux reste longtemps immobilc, rcgardant le lit vide et se mangeant l'intérieur des joues. Il commence à s'orienter dans le mystère Carrington, à situer chacun, avec ses réticences, ses cachotteries, ses blessures cachées, les confidences d'Argoux corrigeant les silences de Carrington, les bavardages en apparence si spontanés de Melville esquissant le schéma à la fois flou et inquiétant d'une belle construction comportant des coins d'ombre.

Oui, il doit connaître avant tout l'opinion de Carrington. Il hésite un peu sur la direction à prendre. Le centre est construit en étoile, le bureau d'accueil formant l'axe autour duquel rayonnent les couloirs. A main droite, la bibliothèque, le parloir, deux salles de consultation, la salle de radio, et ensuite les chambres réservées aux malades les moins atteints. Ça c'est le couloir A. Le couloir B – toujours à partir de la réception – relève de l'autorité du Dr Melville : une salle d'examen, la salle d'archives, d'autres chambres... Clarieux n'arrive pas à retenir le plan – le couloir C, le couloir D, bref, un tel souci de clarté qu'on s'égare aussi facilement que dans le métro. L'appartement de Carrington ouvre sur le jardin. Donc, direction à suivre, le couloir vers le parc. En chemin, il croise un malade qui soutient son bras en écharpe. Echange de salutations.

– Je cherche M. Carrington, dit le commissaire.

– Tout au fond, puis à droite. Vous venez d'entrer? demande le manchot. Je ne vous ai pas encore vu dans la salle à manger?

Il a envie de parler.

– Non, non! s'empresse Clarieux. Je ne suis qu'un visiteur.

– Dommage! soupire l'homme. On s'ennuie un peu, ici, quand on n'a plus mal, on s'ennuie! Alors, on remâche son accident. Moi, j'ai perdu l'avant-bras gauche. Mais j'ai l'impression qu'il est toujours là. Alors, je ne cesse pas de redresser ma voiture, comme si j'avais mes deux mains. Cette main qui me manque, c'est elle qui me raconte constamment mon dérapage. On vous enlève votre douleur et du même coup on vous prive d'un compagnon...

– Excusez-moi ! fait Clarieux, très doucement. On m'attend.

Il s'échappe. Ce qu'il devine soudain, c'est le rabâchage de ces conversations entre pensionnaires. Argoux délivre d'un mal. Melville délivre d'une obsession. Restent les heures, les jours à tuer ! Le retour parmi les non-mutilés qui ne sauront jamais ce qu'est une demi-silhouette, une demi-joie, une demi-vie. Et il faudra faire tenir toutes ces impressions dans un rapport. « Je ne pourrai jamais », pense Clarieux en frappant à la porte de Carrington.

L'Américain a bu. Cela se sent à une certaine vibration du regard. Les yeux bleus trahissent l'ivresse bien avant l'alcootest.

– Entrez, entrez, commissaire. Alors ? Cette enquête ? Asseyez-vous. Un doigt de calvados. Allez ! Laissez-vous faire.

– Vous avez appris la mort d'Antoine ?

– Oui. Je regrette. C'était un pauvre homme à reconstruire !

– Mais vous avez appris qu'il y a un problème de goutte-à-goutte ?

Carrington dose généreusement la liqueur dans les verres.

– A la vôtre, commissaire.

Il balance voluptueusement le liquide d'une joue à l'autre, puis le retient précieusement sous sa langue et enfin l'admet à se sublimer en vapeurs parfumées tout le long de la gorge.

– Quelle merveille ! murmure-t-il. Ne me parliez-vous pas d'Antoine ? A mon avis, dans l'état où il était, il a choisi le bon parti.

– Quelqu'un l'y a peut-être bien aidé ! dit Clarieux.

– Et après? Il a eu une mort douce. C'est ça l'important. J'avais prévenu Argoux et le jeune Patrick qu'ils avaient tort de fonder sur ce pauvre bougre des espérances qui... enfin, vous me comprenez? On n'est pas ici pour se forger des espérances mais au contraire pour apprendre à s'en passer. Laissez tomber, commissaire.

– J'ai des ordres!

– Eh bien, je téléphonerai à Michel. Il n'est pas sous-secrétaire d'Etat pour des prunes. Je n'ai rien contre vous, mon cher ami. Le centre vous est ouvert. Mais à condition qu'on ne prononce jamais ici le mot de « crime ».

Clarieux se lève, légèrement crispé.

– Jusqu'à présent, dit-il, j'ai rencontré à peu près tout le monde. Maintenant, je dois avoir un petit entretien avec votre fille. Pour mon rapport!

– J'aimerais autant qu'on la laisse tranquille!

– Oh! je serai discret! Après, j'interrogerai plus à fond les infirmières de nuit, et ce sera tout.

– Très bien. Très bien! Je vous souhaite bonne chance, commissaire.

– Savez-vous où je peux trouver Mlle Maud?

– Dans sa chambre, j'imagine. A côté de l'ascenseur. C'est pour elle que je l'ai fait construire, mais elle se sert plutôt de l'escalier.

– Tiens, pourquoi?

– Mais pour m'embêter, bien sûr! On dirait que vous ne connaissez pas les jeunes d'aujourd'hui!

« Les jeunes! » pense Clarieux, en empruntant l'escalier qui est très raide, les jeunes! Elle a tout de même trente-cinq ans!

Il frappe avec décision. Il n'est pas d'humeur à se laisser manœuvrer, mais, à peine entré, il doit se raidir pour cacher sa surprise. Elle est belle!

Voilà ce qui le frappe. Elle est même très belle. Très grande et très maigre, parce qu'elle a eu sans doute une croissance difficile. Mais blonde, comme dans un lied. La fille aux cheveux de lin! Telle que Debussy aurait pu la rêver. Avec un regard triste, très doux, qui aperçoit des choses par-dessus votre épaule. Et ce qui bloque un cri dans la gorge de Clarieux, c'est qu'elle se déplace sur des béquilles. Sa robe se creuse et flotte là où elle devrait dessiner le mouvement d'une jambe. Il comprend, d'un trait. Elle refuse l'appareil inventé par son père. Elle se venge, quand elle est seule. Ce qu'elle a choisi, c'est cette misérable paire de béquilles, entre lesquelles elle oscille, dans une espèce de tenue noire de femme obligée de faire des ménages.

– Entrez, monsieur. Je vous attendais.

Elle lui désigne une chaise et il n'ose pas s'asseoir devant elle, parce que, s'il accepte, elle prendra forcément l'autre siège, et elle sera obligée, devant lui, pour s'asseoir, de se livrer à une gymnastique disgracieuse, lente, peut-être douloureuse, une espèce de déshonorante manœuvre d'atterrissage. Il tend les bras.

– Je vous en prie! lance-t-elle d'un ton raide.

Et ça y est. Elle s'est posée avec naturel sur sa chaise. Avec moins de naturel, elle a remonté légèrement sa robe et Clarieux ne peut s'empêcher de regarder l'unique jambe pauvrement gainée de nylon gris. Elle attend qu'il parle.

– Naturellement, dit-il, vous êtes au courant, pour les lettres?

– Bien sûr.

– M. Carrington en a reçu?

– Deux.

– Et vous-même?

– Deux aussi.

– Pourriez-vous me les montrer?
– Je les ai déchirées.
– Vous rappelez-vous ce qu'elles disaient?
– Oh! très bien! La première disait : « A qui vendez-vous les membres coupés? Ça aussi, ça peut faire du fric. » Et la deuxième disait à peu près la même chose. « Avec les abats, vous pourriez nourrir tous les " crève-la-faim " de la ville. »
Elle récite son texte sans émotion apparente, et ses yeux bleus n'expriment aucune réprobation.
– Qui vous en veut ainsi?
– Tout le monde, fait-elle paisiblement. On voudrait sans doute que mon père ferme le centre. Je sais qu'on l'appelle « l'homme aux guibolles en fer-blanc ». C'est clair. Ce qu'on lui reproche, c'est d'être l'industriel des membres artificiels.
– Mais vous-même, mademoiselle?
– Oh! moi, je ne compte pas.
– Peut-être! Mais vous prenez parti.
Du doigt, il montre la robe vide. Alors, elle se lève et attrape ses béquilles avec une surprenante vivacité.
– Venez, dit-elle.
Elle le précède dans une pièce voisine meublée d'un divan, d'un fauteuil et d'une table basse – ce qu'un huissier, en somme, n'aurait pas eu le cœur d'emporter, au cours d'une saisie. En travers du divan repose la jambe artificielle. Maud la regarde, cette fois, avec une froide hostilité.
– C'est à la fois horrible et grotesque! déclare-t-elle, en repoussant l'objet avec dégoût, de la pointe d'une de ses béquilles.
– Mais c'est ingénieux, observe Clarieux.
Elle sourit et cesse soudain d'être la pauvresse

vindicative pour offrir un visage brûlant d'une foi de pasionaria.

– Ingénieux! reprend-elle. Tellement ingénieux, tellement perfectionné, que ça se déglingue en moins d'un mois. Parce que c'est le modèle luxe, le plus cher, le plus bourré de gadgets qui sont d'une fragilité révoltante. C'est juste bon pour amuser des milliardaires entourés de domestiques, ou bien pour me faire oublier, moi, que...

Elle se tait, serre les dents sur d'âpres griefs qui font trembler ses joues de fureur ou de désespoir. Elle se reprend, brandit une béquille, puis l'autre, et changeant de ton :

– Voici, dit-elle, mon modèle tout terrain, qui est indéréglable et se vend dans toutes les quincailleries, ou presque. Avec quelques dizaines de francs, on en voit la farce!

Clarieux revient dans la chambre et n'est pas fâché de découvrir, sur des étagères à demi masquées par un paravent, la « forêt des bonsaïs ». Il s'arrête, bien content de pouvoir reprendre l'entretien sur un sujet enfin agréable.

– Ce sont mes enfants! dit Maud, avec fierté.

– Il y en a combien.

– Quatorze, pour le moment. Et c'est bien assez! De quoi occuper un jardinier valide à plein temps. Alors, moi...

Clarieux se penche sur un bonsaï pas plus gros qu'un crayon et qui porte une toison de fleurs blanches.

– Ça? Qu'est-ce que c'est? Il me semble que je le reconnais!

Maud bat des mains et Clarieux ne peut s'empêcher de penser : « Pas possible! Elle est restée une fillette. »

– Devinez ! dit-elle. C'est un pommier. Et il portera des pommes, des vraies.

– Et ça ?

– C'est un juniperus et je vois qu'il a soif. Je lui ferai sa toilette tout à l'heure. Regardez mon podocarpus. Il est beau, hein, avec ses petites feuilles comme des menottes. Et mon camélia du Japon ? Vous auriez vu ses fleurs roses, en mars. Adorable. Ça c'est un ficus neagari. Toutes ces minuscules racines apparentes, qui se tordent comme des tentacules, c'est un peu effrayant, non ? Derrière, c'est le coin des bambous. Ah ! vous admirez mon azalée ! Toutes ces fleurs, elles attirent les abeilles, comme des grandes.

– Tous mes compliments, dit Clarieux.

Elle pousse un soupir de bonheur, caresse d'une main aérienne son érable.

– Maintenant, je vais réunir de vrais arbres, des chênes, des pins, des ormeaux. Pour le contraste ! Vous imaginez un chêne grand comme mon pouce à côté de mon azalée ?

– Mais est-ce que ce n'est pas un peu cruel ? demande Clarieux.

Interloquée, Maud reste suspendue, entre ses béquilles.

– Je n'y avais pas pensé ! avoue-t-elle.

Et frappant le sol de ses bâtons, elle s'écrie soudain :

– Vous ne comprenez donc pas qu'ils ont besoin de moi ! Ils m'aiment. Je le sais.

– Pardonnez-moi ! s'empresse d'intervenir le commissaire. Ma remarque était idiote. Mais elle me met sur la voie d'une autre question. Quels sont vos rapports avec votre entourage ? Avec M. Carrington, je suis au courant. Mais avec le Dr Argoux ?

– Eh bien, il m'est tout dévoué. C'est beaucoup

à cause moi qu'il se donne tant de mal pour trouver un analgésique qui supprime mes douleurs.

– Et avec le Dr Melville ?

– Patrick ? Nous sommes de bons camarades.

– Rien de plus ?

– Comment, rien de plus ? Mais regardez-moi ! On vous ampute d'un membre et on ne s'avise pas qu'on vous ampute de vos raisons de vivre. Demandez donc à une femme opérée d'un sein si, après, elle est encore une femme !

– Calmez-vous. J'essaie de situer chacun dans cette nébuleuse qu'est le centre. Les infirmières de nuit, vous les connaissez ?

– Oui, sauf Véronique, qui vient juste d'arriver.

– Vos rapports sont bons ?

– Oui.

– Les pensionnaires, en général ?

– Je les évite.

– Avez-vous une activité politique ?

Elle s'assied et pointe vers le commissaire une béquille comme un doigt accusateur.

– Je vois, dit-elle. Le père milliardaire et la fille aux Brigades rouges ! Vous devriez écrire des feuilletons, commissaire !

– Ce n'est pas une réponse !

– Je suis désolée, mais vous n'y êtes pas du tout. D'abord, mon père n'est pas ce qu'on pense. Il est bon. Le malheur, c'est que... c'est que...

Elle met son poing devant sa bouche, ferme les yeux et finit par chuchoter :

– Laissez-moi, monsieur ! Mon père et moi, ça ne regarde personne...

Clarieux se lève, très embarrassé.

– Vous me trouverez tout à l'heure dans la bibliothèque, si vous avez à me parler.

Il se retire, assuré d'avoir mis le doigt sur quelque chose d'important, mais quoi ? « Elle doit savoir qui envoie ces lettres, songe-t-il. Mais est-ce qu'elle sait aussi qui a supprimé Antoine ? De qui est-elle la victime ? »

Il suit un couloir, puis un autre, croise une des hôtesses du dernier soupir. C'est lui qui imagine d'appeler ainsi ces accompagnatrices d'un genre si macabre car il y a du macabre dans cette façon de... Il voudrait serrer de plus en plus près son impression première qui cache quelque part une espèce d'injustifiable refus. Il regarde l'heure. Le Dr Melville doit l'attendre au réfectoire. Amusant, ce réfectoire. Il ressemble à un fast-food américain. Clarieux fait un signe de reconnaissance à Patrick avant de prendre la queue du self-service, parmi le personnel du centre. Tout le monde en blouse blanche, le nom sur la poitrine. Musique. Brouhaha. Clarieux a horreur de ces mangeoires collectives, abondamment servies mais qui font penser aux poulets en batteries, aux bêtes côte à côte, qui s'ignorent. Et quand on est maladroit comme lui, il faut surveiller les oscillations du plateau et les mouvements de qui vous précède et vous suit. On se décharge enfin, on n'a plus grand-faim.

– Oui, je les ai vus, dit-il au docteur. Pas commode, le Carrington ! Je crois qu'il ne m'aime pas beaucoup ! Et sa fille ! C'est vrai qu'elle mérite le détour. C'est encore une gamine ! Il m'a semblé qu'elle avait une drôle de façon de détester son père. Comment vous expliquer ça ! Elle l'aime dans la provocation.

– Mais c'est exactement cela ! dit Patrick. Et réciproquement ! Car si le vieux s'est lancé dans cette industrie de la prothèse, c'est moins pour gagner de l'argent que pour faire acte d'autorité à l'égard d'une rebelle. Ils sont comme deux béliers qui se jettent l'un sur l'autre à s'en faire péter le front. C'est leur passe-temps favori! Et ce n'est pas tout! Si Argoux trouvait le moyen de rendre supportable le port de la prothèse, Maud s'avouerait vaincue, mais c'est Carrington lui-même qui rend la chose impossible en inventant des membres tellement sophistiqués que sa fille est forcée de les refuser. D'où ce jeu abominable qui va de la prothèse à la béquille et de la béquille à la prothèse, l'une signifiant « Je suis plus fort que toi », et l'autre proclamant : « Pas vrai! C'est moi! »

– Est-ce possible! dit Clarieux.

– Reprenez de l'andouillette, commissaire. Le chef vient de New York mais s'est laissé séduire par les produits normands.

Il hoche la tête comme s'il avait quelque chose à dire de plus ahurissant. Il reprend, en confidence :

– Plus parano, murmure-t-il, on ne fait pas. Mais c'est le propre de ces malades de ne plus pouvoir s'arrêter. La dernière de Carrington, je vous la donne en mille. Non! N'essayez pas de deviner. Ce qu'il a en tête, maintenant, ce sont les prothèses à éléments multiples, comme les couteaux suisses. Prenez par exemple une jambe artificielle du tout dernier modèle : avec les métaux légers, ça ne pèse plus rien. D'ailleurs, vous en avez fait l'expérience. Eh bien, imaginez qu'on ajoute à la jambe une canne de repos, comme en ont les éleveurs, sur les champs de courses. Remarquez, ce n'est pas bête. L'amputé peut s'asseoir. Vous souriez, commissaire! Vous avez tort! Les gens comme Carrington n'ont pas le temps de sourire. Et vous voyez le champ qui s'ouvre devant les chercheurs, tout ce qu'on peut inventer à partir d'un appareil aussi simple qu'un avant-bras, ou un pied, ou n'importe quoi, la mode s'en mêlant ! On trouve bien le moyen de faire faire de l'alpinisme à des mutilés en petite voiture. Pourquoi n'inventerait-on pas des appendices permettant à des amputés de jouer au ping-pong ! Je sais. C'est aberrant ! Mais ne croyez-vous pas que cette fondation Carrington, c'est un peu l'île du Dr Moreau ?

– Qu'en pense Maud ?

– A mon tour, commissaire, de vous crier « Stop »... Elle souffre.

Clarieux réfléchit en pétrissant un morceau de mie. Il se décide :

– Supposons que le Dr Argoux réussisse à mettre au point un analgésique à tout faire, un produit souverain contre toutes les douleurs ?... Est-ce que les travaux de Carrington n'en seraient pas rendus inutiles ? Et même ce centre tout entier, s'il suffisait de supprimer la douleur à domicile ? Vous voyez ?

– Oui et non ! dit Patrick. Il me semble, au contraire, que cela libérerait le marché des prothèses. Excusez-moi. Voilà que je parle en commerçant, ma parole.

Il consulte sa montre et conclut.

– J'ai convoqué nos quatre infirmières pour 3 heures, dans la bibliothèque. Un café, commissaire ? Je vous préviens : il est minable.

Chapitre 6

La bibliothèque est une vaste pièce, éclairée par trois fenêtres, côté jardin. Les livres sont rangés sur des rayons. Tous reliés en cuir rouge, alignés sans un vide, ce qui signifie que les lecteurs ne se bousculent pas. On accède aux fichiers par une estrade à deux marches. Un grand portrait de Carrington, surmonté d'un drapeau américain, orne le mur du fond. Il n'y a pas de ces longues tables, éclairées par des globes bleus, que Clarieux s'attendait à trouver, semblables à celles de sa jeunesse, quand il préparait son droit. Le grand silence du labeur. Le bruit des pages tournées. Non. Rien de tout cela. Ici, on est dans un club. Fauteuils profonds. Petites tables individuelles. Lumières douces. Il suffirait de fermer les yeux pour s'imaginer qu'on voyage en pullman; les quatre infirmières l'attendent, debout, embarrassées; elles sont en costume de ville. Visiblement, cette convocation est prise sur leur temps de liberté.

– Asseyez-vous, dit Clarieux. J'ai l'intention de causer avec vous. Rien de plus. Mais vous avouerez qu'il y a un mystère du goutte-à-goutte. Si vous voulez bien, on va tout reprendre depuis le début.

Elles le regardent, méfiantes, comme si cette

espèce de rondeur bienveillante préparait quelque traîtrise. Elles se taisent.

– Je commence par vous, Valérie Gallard.

Il feuillette son calepin, bourré de notes qui, loin de lui fournir un aide-mémoire, lui présenteraient plutôt des devinettes. *Passer à la blanchisserie. Payer Blanche. Appelez Morineau pour André...* Il y a des mots illisibles, des numéros de téléphone un peu partout. Ce calepin lui sert surtout à se donner l'air de quelqu'un qui sait où il va, ce qui est loin d'être le cas.

– Valérie, vous travaillez ici depuis cinq ans, autant dire depuis le début. Vous êtes le bras droit du Dr Argoux. Vous n'avez jamais rien remarqué d'anormal autour de lui ?

– Rien.

– C'est la première fois que l'on signale des lettres anonymes ?

– Oui.

– Vous en avez reçu ?

– Deux. Je les ai détruites. Il y en avait une qui disait : « Tu es sa complice. » Et l'autre... J'aime mieux oublier... des obscénités.

– La complice de qui ? Vous avez une idée ?

– Absolument pas.

Clarieux se tourne vers les trois autres.

– Et vous ?

Silence hostile. Devant le danger, elles font bloc.

– Encore une fois, dit Clarieux, je ne vous soupçonne de rien. J'enquête, c'est tout. Vous sentez bien qu'il y a un lien entre ces lettres, haineuses, et la mort d'Antoine. A qui veut-on nuire ?

– A la fondation, dit Mme Lauviot. J'entends parler. En ville, on ne nous aime pas. Les curés sont contre nous.

– Ils racontent que la chapelle sert à tout le monde... Le pasteur, le rabbin, le bouddhiste. Et puis Carrington profiterait de la mort de certaines personnes.

– Quelles personnes?

– Eh bien, les vieilles femmes seules, qui ont du bien et pas d'héritiers...

– Je vois! Captation d'héritages. Dites donc, on n'y va pas de main morte!

– C'est les gens de droite, dit Monique. Ils s'entendent tous entre eux. Il n'y a qu'à voir leurs bagnoles, dans le parking. Et puis M. Carrington... il n'achète rien chez nous. A part le calva, elle rit, là, ça y va!

Clarieux, d'un geste coupant, arrête les ragots.

– Vous vivez de la fondation mais... bon! Tout cela n'est pas très joli! Revenons à Antoine.

– Oui, dit Mme Lauviot. Vous voulez savoir? Eh bien, on est heureuses pour lui. Tout le monde. Depuis le temps que ces messieurs le faisaient durer... Comme un ballon qui se gonfle et se dégonfle... et un petit coup de pompe par-ci, et un goutte-à-goutte par-là! Ce n'est pas chrétien, ça, monsieur.

Du coup Clarieux se fâche.

– Je vous en prie, mesdames. Je ne suis pas ici pour discuter, mais pour établir la vérité! Alors, gardez pour vous vos commentaires, et répondez clairement à ma question. Vous, Valérie, vous avez pris votre service à 22 heures. Qui était dans la chambre?

– Le Dr Argoux. Il m'attendait. Il était pressé. « Vous m'appelez à la moindre alerte, a-t-il dit. Tout est en ordre; le goutte-à-goutte est réglé. Surtout ne touchez à rien. Vous n'aurez qu'à changer la bouteille. Bonsoir. » Il est parti et je me suis installée sur le seuil du cabinet de toilette, pour n'avoir à allumer que la lumière du lavabo. J'ai tricoté. De temps en temps, j'observais Antoine. On n'a pas idée de faire la grève de la faim. Il faut être bien malheureux.

– Bon. De 22 heures à minuit, rien?

– Si, Marcel est passé, comme chaque soir, vers 22 heures. A minuit j'ai changé la bouteille. Elle s'était vidée bien régulièrement. Mme Lauviot est arrivée. On a parlé un peu. C'est tout.

– Merci. A vous, madame Lauviot. Le goutte-à-goutte fonctionnait bien?

– Très bien. J'ai lu... un livre bien intéressant... C'est un châtelain qui...

– Je vous remercie. Rien à signaler?

– Rien. Nous autres, de la nuit, c'est la routine. Un coup d'œil au malade, un coup d'œil à la bouteille, un coup d'œil au réveil... Quelquefois, un petit somme, mais vite fait. Sur le pouce! Et on est remplacée!

– Monique, à 2 heures?

– Oui! Pour ça, elle est bien à l'heure.

– Et vous, Monique?

– Pareil. Sauf que c'est le plus dur, de 2 heures à 4 heures.

Elle est agressive et ajoute :

– On n'aurait jamais dû engager Véronique. Infirmière, c'est un métier.

– Qui a touché aux bouteilles?

– Moi, dit Valérie. J'ai vérifié le débit de la pression, à 22 heures. Ensuite, à minuit, j'ai mis en place la deuxième bouteille, pendant que Mme Lauviot chaussait ses charentaises...

– J'ai mal aux pieds! dit celle-ci. C'est bien mon droit.

– Oui, bien sûr. Mais la troisième bouteille,

c'est vous, madame Lauviot, qui l'avez accrochée à la potence ?

– Et alors ?... Et c'est moi aussi qui ai fait le nécessaire pour la quatrième, parce que Véronique ne savait pas s'y prendre. J'ai jamais vu quelqu'un d'aussi maladroit.

– Ainsi, résume Clarieux, nous avons quatre bouteilles, mais elles n'ont été manipulées que par deux gardes. D'autre part, à 4 heures et quart, non seulement le goutte-à-goutte s'était arrêté, mais Antoine était mort depuis un certain temps. Conclusion ? L'une d'entre vous ne dit pas la vérité. Attendez, avant de protester. Pour le moment, ce sont les faits qui parlent. Pas moi. Or les faits sont clairs. A 4 heures, quand Véronique a pris son service, Antoine était déjà mort puisqu'il était froid. Mais sa mort a provoqué très rapidement l'arrêt du goutte-à-goutte. La troisième bouteille n'était donc pas vide, quand Véronique est arrivée. La mort d'Antoine est survenue pendant la troisième veille, votre tour de veille, Monique ! Laissez-moi finir ! Il s'est passé probablement ceci : à un moment donné, entre 3 heures et 4 heures, vous vous êtes endormie. Personne ne vous en fait reproche. Et voilà que vous vous réveillez en sursaut. Le goutte-à-goutte est arrêté. A sa manière, il est aussi précis qu'une horloge... Il indique qu'Antoine est mort. Et en effet Antoine est mort depuis quelques instants puisqu'il est froid.

Monique cette fois perd toute sa retenue.

– C'est ridicule ! hurle-t-elle. J'ai dit la vérité !

– Asseyez-vous, ordonne Clarieux, et faites moins de bruit. Vous avez beau torturer les faits, il demeure évident que vous avez constaté deux choses : d'une part, Antoine ne respirait plus ! Et, d'autre part, le niveau du liquide dans la bouteille était trop haut. Il y avait en trop la quantité de sérum que le mort n'avait pas pu absorber. D'accord? Mais oui, forcément, nous sommes d'accord. Et alors vous n'avez pas voulu que la petite Véronique, celle d'entre vous qui n'est pas une professionnelle, constate que le malade dont vous aviez la garde est mort à votre insu. Qu'avez-vous fait? Vous avez dit à Véronique, pendant qu'elle se changeait : « Il dort. T'occupe pas du goutte-à-goutte. Il est bien réglé! » Et le tour est joué. Je veux dire que votre amour-propre d'infirmière n'avait pas eu à souffrir de la mort d'Antoine.

Monique respire court. Elle cherche désespérément une parade, se rend compte qu'elle risque de s'enfoncer davantage si elle nie, et choisit très vite de plaider.

– Vous savez ce que c'est, vous, un 2 à 4 chaque nuit, auprès d'un moribond dont chacun dit : « On se demande pourquoi on le maintient en vie. » Vous savez combien nous faisons d'heures par semaine, et quand on réclame de l'augmentation on s'entend répondre : « Si vous n'êtes pas contente, laissez la place à celles qui attendent. »

– La question n'est pas là! dit Clarieux. Oui ou non, avez-vous trafiqué le goutte-à-goutte?

Elle hésite, guette sur le visage des trois autres un signe de réprobation et retrouve tout son courage parce qu'elle se sent soutenue.

– Bon, fait-elle. J'avoue. Qu'est-ce que ça change?

– Ça change beaucoup de choses, dit Clarieux. Vous pouvez être accusée de meurtre.

– Quoi?

– Réfléchissez! Vous plaidez la négligence. C'est bien. Mais vous aurez du mal à la prouver.

D'autres motifs moins excusables peuvent être invoqués. On parlera d'euthanasie. Vous affirmez que le goutte-à-goutte était arrêté! Soit! Mais si l'on soutient que vous l'avez arrêté vous-même, comment soutiendrez-vous le contraire?

L'indignation étrangle l'infirmière.

– Comment! balbutie-t-elle. On me connaît, tout de même! Le Dr Argoux a été le premier à reconnaître que si l'on coupe le goutte-à-goutte, la mort ne survient pas immédiatement.

– Peut-être! dit Clarieux. Mais supposons que vous l'ayez coupé à 2 heures et quart, un peu après le début de votre tour de garde. Vous n'avez pas alerté Véronique. Il s'est donc passé environ deux heures jusqu'à ce qu'on s'aperçoive que le goutte-à-goutte ne fonctionnait plus... deux heures, vous entendez? deux heures pendant lesquelles vous êtes seule, sans contrôle auprès d'Antoine moribond...

Un profond silence. Cette fois, les faits apparaissent dans une lumière de plus en plus cruelle. Clarieux, impitoyable parce qu'il est à l'aise dès qu'il exerce pleinement son métier, continue :

– Vous voici accusée d'euthanasie. Pour le moment simple supposition, je vous l'accorde. Mais vous n'ignorez pas que les bruits les plus fâcheux courent sur le centre Carrington. Vous dites : j'ai été négligente. Et si le procureur vous demande, à l'audience : « Combien avez-vous touché? » Ah! Qu'est-ce que votre avocat pourra bien répondre? L'euthanasie, c'est le crime idéal! Il peut s'expliquer et se justifier d'une foule de manières, des plus désintéressées aux plus sordides...

Clarieux s'arrête. Il pense qu'il y est allé un peu fort. Monique est au bord de l'évanouissement. Les autres infirmières sont pétrifiées. Mais Clarieux, en même temps qu'il se traite de brute, est plutôt satisfait d'avoir jeté sur l'affaire une clarté à laquelle il ne s'attendait pas lui-même. La démonstration s'est construite toute seule dans son esprit à mesure qu'il parlait. Bien sûr ! C'est Monique la coupable. Et en supprimant Antoine, à qui a-t-elle rendu service ? L'enquête n'est pas finie, loin de là. Elle pousse déjà des prolongements en direction des comptes en banque de tout le monde. On part de banales lettres anonymes et, de proche en proche, on met au jour de sordides motivations qui vont secouer le pays tout entier. « Il faut que j'en réfère à Charles », pense Clarieux. Mais un divisionnaire de province, est-ce que ça pèsera assez lourd ? Et Clarieux songe avec mélancolie qu'il pourrait bien terminer sa carrière à Maubeuge ou à La Roche-sur-Yon. Il tend un doigt vers le groupe.

– Vous ! Défense de vous éloigner.

Il traverse la salle sous les regards affolés des quatre infirmières et s'empare du téléphone.

– Allô, l'infirmière-major ? Je vous renvoie les quatre suspectes. Surveillez-les. Interdiction de sortir.

Monique a repris son sang-froid.

– Si vous croyez que M. Carrington va vous laisser faire, dit-elle, on voit bien que vous ne le connaissez pas. Ce qui est à lui est à lui ! Ici, c'est comme une ambassade !

Clarieux regrette de ne plus fumer. Une cigarette, en ce moment, lui donnerait tout le poids qui va lui faire défaut en face du grand patron.

– Vous pouvez disposer ! dit-il. Pas vous, Monique. On a encore à parler, tous les deux. Voyons, le veilleur de nuit était là quand Véronique a pris son service. Vous avez suggéré – je me rappelle votre phrase – qu'il aime bien la chair fraîche. Il tournait donc autour de la jeune fille. Et autour de vous ?

– Ça lui arrivait. Il s'arrangeait souvent pour passer juste quand moi, par exemple, je me rhabillais tandis que Véronique se déshabillait. Il fait chaud, ici, et on n'a rien sous la blouse, quelquefois... Son métier lui permet d'entrer n'importe où n'importe quand.

– Et c'était pareil avec les deux autres ?

– Non ! Pas avec la mère Lauviot. Mais avec Valérie, oui. Enfin, de temps en temps, quand ça le prenait.

– Encore une question : aurait-il pu toucher au goutte-à-goutte ?

– Sûrement pas ! Du moins pas avec nous !

– Mais il n'y a pas que vous quatre chargées de la nuit ?

– Oh si, pratiquement. Nous sommes habituées – à part la nouvelle – et puis il y a les heures supplémentaires. On est bien payées !

L'animosité de Monique a fait place, peu à peu, à un certain désir de plaire.

– Je vous assure, monsieur le Commissaire, dit-elle, le visage un peu penché pour essayer de séduire. Je suis innocente. Comment aurais-je su quelle quantité de sérum faire couler... hein ?

– L'habitude ! dit Clarieux. Vous avez les quantités dans l'œil.

– Mais non ! Pas du tout ! Ce n'est pas toujours le même produit qui est dans la bouteille. Quelquefois, c'est gras et ça ne coule pas vite. D'autres fois, c'est moins épais. Le réglage est fait par le Dr Argoux ou par Mme Guilvinec...

Clarieux conserve son visage le plus compétent, comme si rien, dans cette affaire, ne pouvait plus le surprendre, mais il doit s'avouer que ce détail lui a échappé. Et ce n'est pas un petit détail ! Il faudra savoir des intéressés quelle était la nature exacte du liquide, s'il était gluant ou fluide.

De toute façon, chaque bouteille devait se vider en deux heures. Alors, non, ce détail n'est pas tellement gênant, à la réflexion.

Les deux inspecteurs arrivent en hâte. Clarieux fait un petit geste d'encouragement à Monique.

Et maintenant, il serait temps de suivre le conseil du docteur et de jeter un coup d'œil sur les comptes, mais il se heurte à un refus catégorique. Le comptable d'Argoux est lui aussi vêtu de blanc comme si son bureau était un bloc opératoire. Bien plus ! Comme s'il était tenu à la discrétion d'un chirurgien qui défend un opéré qu'on ranime.

– Voyez le Dr Argoux.

– Mais enfin, s'emporte Clarieux, je ne vous demande pas l'impossible.

– Voyez le docteur.

Le commissaire lui met sa médaille sous le nez.

– Ecoutez ! Je n'ai pas de temps à perdre. Je suis en mission officielle.

– Je regrette. Voyez le docteur !

Il a une soixantaine d'années. Il porte une visière bleue retenue par un élastique. Un badge sur la poitrine : *André Rivalland.* Et ce qui réduit le commissaire au silence, tellement il est sidéré, c'est qu'André Rivalland, quand il se déplace dans son bureau ultra-moderne, fait entendre un cliquetis métallique qui provient d'un pied artificiel. Ils sont donc tous... Clarieux n'ose aller jusqu'au bout de sa pensée. Il n'insiste pas. Il se dit simplement que son ami le divisionnaire ne voudra jamais le croire. D'heure en heure, songe Clarieux, je vais de surprise en étonnement. Cette fondation Carrington, c'est de plus en plus dingue ! Et il se rappelle certaines baraques des foires de son enfance, celle, notamment, qui portait, sur un fronton orné de sirènes aux seins nus, l'inscription mystérieuse Musée Dupuytren tandis qu'un homme en habit et en gibus aboyait, dans un haut-parleur : « Venez voir les phénomènes de la nature, les sœurs siamoises et l'enfant à deux têtes. 20 francs seulement pour les militaires. » « Il va entendre parler de moi, ce Rivalland. » Clarieux est furieux et se précipite chez Argoux. Il connaît le chemin, maintenant. Le secrétaire du docteur veut le retenir. Il passe outre. Il frappe et il entre dans le bureau d'autorité. Argoux téléphone et de loin montre au commissaire un fauteuil encombré de dossiers.

– C'est incroyable ! dit-il... Je te répète que c'était le sérum habituel. Il passe dans le sang très rapidement. Ne me dis pas que quatre litres de liquide ne laissent pas de traces ! Ça ne tient pas debout... Il me faut le rapport le plus tôt possible. Oh ! je ne mets pas en doute tes méthodes. Mais toi-même mets-toi à ma place !... Un quart de litre de sérum à l'heure ça ne s'escamote pas comme ça. Merci. Oui. Encore merci.

Il repose le téléphone avec une lenteur découragée.

– C'est le résultat de l'autopsie ! murmure-t-il. Je n'y comprends plus rien ! Le légiste n'a rien trouvé. Nous savons que le goutte-à-goutte a fonctionné de 22 heures à quelque chose comme 4 heures du matin ; en gros, ça signifie que le malade a reçu pas loin de quatre litres de sérum. N'est-ce pas ? Nous sommes bien d'accord. Et même si je rêve, les quatre infirmières de nuit sont là pour confirmer ce que j'avance. Bon. Eh bien, le goutte-à-goutte, qui a fonctionné sans arrêt pendant six heures, n'a laissé aucune trace dans le corps d'Antoine. D'un côté quatre litres de liquide ! Et de l'autre, rien ! Voilà ! Alors, à vous de jouer, commissaire. Si vous y comprenez quelque chose, faites-moi signe. Moi, je crois que je vais donner ma démission à William !

– Voyons, qu'est-ce que le légiste aurait dû trouver ? Moi qui suis un profane, j'imagine que le liquide reçu s'accumule plus ou moins dans le corps ? Ce n'est pas cela ?

– Non, bien sûr. L'organisme assimile le sérum comme il le fait pour n'importe quelle nourriture. Mais sa présence dans le sang se décèle facilement à l'analyse. Or, rien. Ou plutôt si ! L'état des poumons et du cœur prouve que la mort est survenue brutalement, par suite d'un œdème. Le pauvre Antoine était cardiaque. Il avait fait, récemment, un petit infarctus, d'où les précautions qu'on prenait avec lui. Et puis crac ! le spasme fatal. Et aucune trace d'irrigation chimique, exactement comme s'il n'y avait jamais eu de goutte-à-goutte.

Clarieux réfléchit et conclut :

– Quelqu'un a fermé l'arrivée du liquide.

– Impossible ! gémit le docteur. Quand Valérie a cédé la place à Mme Lauviot, l'appareil fonctionnait. Sinon, elle aurait tout de suite alerté Mme Guilvinec.

– Elle ment !

– Quoi ? Vous prétendez que... ?

– Rien du tout. Je constate. L'autopsie nous dit : « Pas de goutte-à-goutte. » L'infirmière nous dit : « L'appareil fonctionanit parfaitement. » Vous admettez que le légiste dit la vérité ? Dans ce cas, c'est l'infirmière qui ment.

– Mais réfléchissez ! s'irrite Argoux. Si Valérie ment, Mme Lauviot ment aussi puisqu'à son tour elle déclare qu'elle n'a rien observé d'anormal. Elle a donc vu le liquide s'écouler !

– Non.

– Comment non ! Vous oubliez qu'à la fin de son service elle a remplacé la bouteille vide par une pleine. Monique, qui venait d'arriver, l'a vue opérer.

– Elle ment !

– Ecoutez, commissaire, soyons sérieux. Nous avons le témoignage de Valérie, de Mme Lauviot, de Monique ! Bien plus ! La jeune Véronique a été la première à remarquer que le goutte-à-goutte ne fonctionnait plus. C'est donc bien que, quelques minutes avant, il fonctionnait encore !

– Non.

Le docteur se passe lentement les mains sur le visage. Puis il lève sur Clarieux un regard égaré.

– Je suppose, murmure-t-il, que vous vous moquez de moi ? Ainsi, d'après vous, quatre personnes de confiance mentiraient ? Mais pourquoi ? J'avoue que je ne comprends plus. Si je vous suis bien, il s'agirait d'une espèce de complot ! Les quatre se seraient mises d'accord ? Ça vous paraît acceptable que les trois plus anciennes aient justement choisi la semaine où la nouvelle stagiaire assure la garde la plus pénible, de 4 heures à 6 heures, pour lui demander de participer à je ne sais quelle manigance ?

– Je n'ai jamais dit, fait Clarieux de plus en plus hésitant, qu'elles étaient d'accord. J'essaie de concilier les faits. Si le goutte-à-goutte n'a jamais fonctionné, c'est donc que les infirmières sont de mèche.

– Elles seraient complices ? dit le docteur avec accablement.

– Non. Peut-être pas !

– Comment ! C'est l'un ou l'autre.

– Attendez ! J'essaie, moi aussi, de coller aux faits. Prenons le cas de Valérie ? Vous lui assurez, avant de vous retirer, que tout est normal. Le débit du liquide est correct. Bref ! Un soir, comme les autres. Et puis, quelques minutes plus tard, c'est la crise qui emporte Antoine. Crise silencieuse. Je suppose ?

– Oui, affirme le docteur. Antoine était trop faible pour faire un signe de détresse.

– Bien. Il meurt. Le goutte-à-goutte s'arrête presque aussitôt.

– Oui, c'est possible.

– Mais Valérie ne remarque pas tout de suite que quelque chose cloche. Elle fait son petit ménage pour sa veillée... Quand remarque-t-elle que l'appareil ne fonctionne plus ? Au fond, peu importe. Son premier mouvement est d'appeler à l'aide. Mais il y a aussitôt le second mouvement. Elle sait la place qu'Antoine tient dans vos recherches. Vous ne lui pardonnerez pas sa négligence ! Je me trompe ?

– Allez, allez...

– Quoi de plus simple, pense-t-elle, que de vider la bouteille à minuit, de la remplacer par une neuve, et de dire à Mme Lauviot : « Tout va bien. » Mme Lauviot n'a aucune raison de vérifier le goutte-à-goutte. Elle sait que Valérie est votre personne de confiance. Elle commence donc sa veillée en toute tranquillité. Mais le moment vient où elle s'aperçoit que le niveau du liquide est toujours le même. Panique ! Puis le temps de la réflexion ! Quoi ! Ce pauvre vieux est mort ! C'est tout ce qu'on pouvait lui souhaiter de meilleur. Enfin, ses épreuves sont finies... Il n'y a pas de quoi en faire une histoire. Alors, à 2 heures du matin, un peu avant l'arrivée de Monique, substitution des bouteilles. Tout va bien. Rien à signaler. Monique s'installe en confiance jusqu'au moment où, à son tour, elle découvre la vérité. Elle se dit aussitôt : « C'est sur moi que tout va retomber car j'aurais dû plutôt donner l'alarme. Le vieux est sûrement mort depuis un bout de temps puisque le niveau du sérum n'a plus bougé. Alors, que Véronique se débrouille. Je vais lui laisser une bouteille neuve, ce qui me permettra d'affirmer qu'à la fin de mon service, Antoine vivait encore... »

– Vous inventez bien ! dit Argoux avec reproche.

– Non. Je cherche seulement à montrer que l'hypothèse du complot n'est pas forcément à retenir. Dans l'intérêt de la fondation. Mais tout ça demande à être vérifié. Reste un point inquiétant.

– Ah ! Lequel ?

– Eh bien, le corps d'Antoine était froid, à 6 heures du matin.

Chapitre 7

– Le corps d'Antoine était froid à 6 heures du matin ! répète Clarieux. Vous m'écoutez, docteur ?

Argoux ne répond pas tout de suite. Ses yeux rêvent.

– Moi qui avais confiance ! dit-il tout bas. Pardon, commissaire. Qui était froid ? Ah ! oui, Antoine. Oui, il était froid.

– Mais froid comment ? insiste Clarieux. Je sais par expérience qu'il y a bien des façons d'être froid, pour un cadavre. Cela dépend notamment de la température. Antoine était dans une chambre chauffée.

– Justement, dit Argoux. Cela donne corps à votre hypothèse. Antoine était mort depuis le début de la nuit, je pense vers 22 heures et quelque chose. Plus on le fait mourir tard, et plus les infirmières sont, à tour de rôle, incriminables. Pour moi, aucun doute ! La mort se situe pendant la garde de Valérie.

Il y a un long silence que Clarieux se décide à rompre, non sans répugnance.

– Nous pouvons trouver une excuse pour Valérie, dit-il. Celle que j'indiquais tout à l'heure.

– Oh ! c'est forcément la bonne ! s'écrie le docteur.

– Pas sûr ! laisse tomber Clarieux. La mort d'Antoine peut être un accident. Mais...

– Mais quoi ? fait Argoux, violemment.

– Ne vous fâchez pas, docteur ! Mais elle a peut-être été voulue. On coupe le goutte-à-goutte et tout se passe ensuite comme je l'ai dit. Quelle différence voyez-vous entre un œdème spontané et un œdème provoqué ? Franchement !

– Mais où voulez-vous en venir ? crie le docteur, hors de lui. C'est un centre hospitalier ici ! Pas un abattoir !

Clarieux se fait conciliant.

– J'ai bien le droit de tâtonner ! dit-il. Tout m'est étranger chez vous ! Quand je parle d'un œdème provoqué, est-ce que je n'avance pas une sottise ? Ça peut exister ?

Le docteur l'admet. Oui, ça peut exister.

– Expliquez-moi ça, calmement.

– Eh bien, si l'on coupe le goutte-à-goutte, on met le patient en danger, mais pas tout de suite. Il peut vivre encore assez longtemps. Le sérum qu'il reçoit n'est qu'un appoint. Au contraire, si vous mettez l'appareil sur le grand débit, l'afflux brutal du liquide étouffe littéralement l'organisme et bloque le cœur en un rien de temps. Si votre malade sort d'un infarctus et a besoin du plus grand ménagement, il succombe aussitôt. Reste un peu de mousse rougeâtre qui dénonce l'œdème.

– Ainsi, résume Clarieux, le goutte-à-goutte peut être une arme ! Je l'ignorais. Je le regardais au contraire comme l'instrument du premier secours. On voit tous les jours, à la télé, des blessés évacués d'urgence, un secouriste courant à côté, brandissant un flacon de sérum. Naturellement, tous les infirmiers savent que le goutte-à-goutte est ambivalent ?

– Naturellement.

– Si bien que Valérie, après votre départ, n'avait qu'à ouvrir la valve en grand et très vite noyait pour ainsi dire Antoine ?

– Oui.

– Mais attention, Valérie est une infirmière diplômée, expérimentée, et tout ! Alors de deux choses l'une... oui, pardonnez-moi, j'aime bien raisonner au plus près, même si je dois forcer le sens des choses... Donc, ou bien Valérie savait que la deuxième surveillante – Mme Lauviot – allait découvrir qu'Antoine était mort, et, dans ce cas, Valérie serait accusée de négligence puisqu'elle n'avait pas remarqué que la seconde bouteille ne débitait plus. D'accord ?

– Oui.

– Bien. Je continue et je dis : Ou bien Valérie a prévenu Mme Lauviot. Quelques mots embarrassés pour la mettre au courant. Antoine vient de mourir, mais si on prévient le Dr Argoux, tatillon comme il est, ça va faire tout un drame. Il n'y a qu'à remettre l'explication à plus tard, etc. Vous voyez la suite. Mais c'est là qu'elle a commis une faute. Véronique, six heures plus tard, a remarqué que le corps était froid. Et ça, Valérie aurait dû le prévoir. Et elle aurait dû comprendre, du même coup, que l'on situerait la mort d'Antoine tout au début de son tour de garde. Et puisque aucune des trois autres surveillantes n'a donné l'alarme, c'est forcément que Valérie les avait mises au courant.

– Soit ! coupe Argoux, impatienté par ce piétinement du raisonnement. J'ai compris mais vous en revenez donc à votre hypothèse du complot ?

– Oui et non ! Un complot tout de suite découvert, avouez que c'est un pauvre complot. Or, dès qu'on réfléchit, on met le doigt dessus. Mais il y a une autre sorte de complot! Celui dont on pense que, découvert ou non, cela n'a pas la moindre importance. De toute façon, on sera couvert, protégé et probablement récompensé... Revenons à Valérie. Elle met au courant les trois autres, car elle est en droit de penser qu'Antoine, déjà mourant, ne fera pas d'histoires une fois mort. Il n'y aura pas d'enquête. Il n'y aura même pas d'autopsie. Et même s'il y a enquête et autopsie, Valérie a pris ses précautions. Ses collègues ne diront rien. Toute l'opération a été mise au point par quelqu'un – j'ignore qui – dont l'astuce est d'avoir tout prévu. Un : Il faut qu'Antoine meure. Deux : Le goutte-à-goutte sera l'instrument rêvé. Trois : Valérie conduira toute l'opération. Elle mettra les trois autres gardes au courant. Quatre : Si par impossible quelqu'un s'avise qu'il y a eu complot, la réponse est prête : chacune des infirmières a cédé à un mouvement de pitié. Cette fois, les choses n'iront pas plus loin. La pitié est l'excuse absolue, surtout dans un établissement comme celui-ci. Convaincu?

Le docteur se gratte, tire sur la peau de ses joues, n'en finit pas de peser le pour et le contre. Clarieux le bouscule un peu.

– Ecoutez. La preuve est facile à faire. Convoquons les quatre intéressées et vous allez voir.

Il téléphone d'autorité à l'infirmière-major.

– Voulez-vous nous envoyer les personnes qui étaient de service, quand Antoine est mort. De la part du Dr Argoux. Nous sommes dans la bibliothèque. Merci.

Argoux paraît bien fatigué.

– Je vous avoue, dit-il, que je ne suis pas fait pour toutes ces émotions! Je suis un chercheur, moi! Pas un détective! Je vous suis mal. Voilà, maintenant, que vous présentez la mort de mon pauvre Antoine comme un crime télécommandé. Pauvre bonhomme ! Il n'avait plus de famille ! Il ne laisse rien à personne ! Mais moi, il va me manquer terriblement ! Si vous avez raison, il faudrait admettre que c'est moi que l'on veut démolir.

– Précisez ! dit aussitôt Clarieux. Vos recherches portent-elles ombrage à quelqu'un.

– Oh ! pas ici ! Mais en Angleterre, oui, et aux Etats-Unis. Partout où l'on travaille à supprimer la douleur. Je possède la clef d'un analgésique plus efficace que tout ce qu'on a trouvé jusqu'à présent. J'étais justement en train de l'expérimenter sur Antoine.

Il s'anime et l'excitation de l'inventeur laisse entrevoir, soudain, son visage de jeunesse. Un beau visage, ma foi, transfiguré par la certitude de saisir enfin la vérité.

– C'est tout bête ! reprend-il. N'allez pas croire qu'il s'agit de quelque formule mystérieuse... vous savez la formule des romans de gosse... Non. Ce qu'il fallait découvrir, c'était la molécule dont la seule présence, dans un mélange banal, lui confère des propriétés entièrement nouvelles. Et ce catalyseur, je l'ai isolé. Et je peux vous affirmer que ça va loin ! L'industrie pharmaceutique va s'en apercevoir.

On frappe et ce sont les quatre infirmières qui se présentent, pas contentes du tout !

Valérie proteste la première.

– Je voudrais bien qu'on m'explique pourquoi nous n'avons pas l'autorisation de sortir du centre. Je me...

– D'accord, concède Clarieux. Vous vous plaindrez. Mais j'ai encore besoin de vous pour l'enquête. Ce ne sera pas long. Voyons. Vous, Véronique... ne vous troublez pas mais répondez franchement. Je vous préviens que nous savons tout sur la façon dont vous avez manipulé les bouteilles. Alors, pourquoi avez-vous caché qu'Antoine était mort depuis longtemps ?

Elle a dû déjà préparer sa réponse car elle hésite à peine.

– Par pitié, dit-elle... On n'a pas le droit de...

Clarieux l'arrête d'un geste.

– S'il vous plaît, pas de commentaires. Et vous Monique ?

– Moi aussi, par pitié, bien sûr !

– Et vous, Mme Lauviot ?

– Pareil.

– Vous voulez dire par pitié ?

– Oui.

– Quant à vous, Valérie, encore la pitié... Eh bien, je vous remercie. Vous êtes libres... Mais ne quittez pas le centre.

Il attend qu'elles aient disparu, pleines d'assurance. Il se tourne vers Argoux :

– Eh bien ? Qu'en pensez-vous ?

– Rien. Je n'en pense rien ! Je suis atterré ! Cette petite Valérie, qui travaille depuis cinq ans, à mes côtés !

– Quelqu'un les conseille ! C'est évident ! dit Clarieux. Elles n'ont même pas pris la peine de se défendre, de plaider. Tout de suite, le mot passe-partout, la pitié. Le mot qui fait du crime une bonne action. Il y a, derrière elles, quelqu'un qui leur a dit, avant même que l'assassinat d'Antoine ait été programmé : « Si l'affaire va jusqu'en justice, vous ne risquez absolument rien. J'y veillerai ! » Et si Valérie, la plus futée, a objecté : « Qui croira que nous avons cédé à la même impulsion, la même nuit... Nous n'aurions été que deux... ou même trois... mais quatre ! Ça ne tient pas debout », l'autre, le vrai responsable, aura dit : « Nous ferons venir autant de témoins de moralité qu'il le faudra. Dans un centre anti-douleur, tout fonctionne à la pitié. C'est le grand moteur. »

– Comment pouvez-vous avoir le cœur à plaisanter ! dit le docteur.

– Oh ! loin de moi cette tentation ! proteste Clarieux. Mais je vais vous l'avouer... Depuis que je furète dans cette maison, je suis sans cesse enclin à chercher, derrière le beau sentiment, sa racine plus ou moins maléfique. Ces quatre filles par exemple, vous voulez parier qu'elles ont reçu quelque chose, en échange de leur docilité ?...

Le docteur lève les bras au ciel.

– Vous voulez me faire douter de la nature humaine ? s'écrie-t-il.

– Non, certes. Mais mon métier m'a appris qu'il n'y a pas de lumière sans ombre, de bonté sans calcul et peut-être de résignation sans désespoir. Alors, je regarde... Je cherche. Tenez, je vais m'arranger pour étudier les comptes en banque de nos si sensibles infirmières ! Allons, docteur ! Ne faites pas cette tête-là. S'il y a, au centre, comme je le crois, un individu mal intentionné, nous le démasquerons et personne ne vous empêchera d'avoir le Nobel.

Argoux a les yeux au ciel.

– J'ai confiance, dit-il, dans ma particule bêta, mais je n'en espère pas tant.

– A demain ! Je vais aller rendre compte à mon divisionnaire et je reviendrai prendre le collier.

– Ma parole, André, dit le divisionnaire, je sais, c'est une sacrée corvée.

Il baisse la voix et chuchote :

– Devant Yvette, pas de tutoiement. Je ne l'ai

que depuis trois jours et il faut bien que je la dresse au respect.

Il sonne :

– Le café, s'il vous plaît. Voyons, ce que je retiens de votre long rapport, commissaire, c'est cette phrase : « La fondation Carrington est semblable à une ambassade. »

– Et je maintiens le mot ! dit Clarieux. C'est d'abord au grand patron que l'on obéit. Je me suis fait rappeler à l'ordre quand j'ai essayé d'insister sur l'objet de ma mission. Et je suis sûr que, derrière mon dos, il se plaindra de moi...

– C'est déjà fait ! Mon pauvre vieux. Mais sois tranquille ! Nous avons de quoi le contrer !

Yvette porte la coiffe du pays bigouden mais elle a la fraîcheur et l'éclat d'une jeune Normande. On parle devant elle des cérémonies du 6 juin. On goûte le café. « Excellent ! » apprécie Clarieux. Il accepte un long et mince cigare hollandais.

– Bah ! Une fois en passant ! plaide le divisionnaire.

Et l'on revient tout de suite aux préoccupations de Clarieux.

– Il y a eu crime ! dit-il. Ça change tout. Carrington a beau être citoyen américain, il travaille sur le territoire français. Voilà ce qu'il faut qu'il comprenne et pour ça j'ai besoin d'être solidement appuyé.

– Ça aussi, c'est fait, dit le policier. Les papiers officiels sont partis. Vous êtes la Loi, mon cher André. Et de mon côté, j'ai obtenu quelques tuyaux intéressants. Sachez que la fondation Carrington n'est pas un établissement isolé. Elle existe déjà en trois exemplaires aux Etats-Unis : la Carrington Bullit Incorporated. Bullit est le nom de la femme qu'il a perdue. En outre, une usine est en construction, à Detroit. Son but : produire du matériel d'hôpital, en particulier des prothèses. L'affaire est très prospère et d'ailleurs elle est cotée en bourse. Mais...

Il lâche un long jet de fumée et reprend :

– Il y a toujours un « mais ». Il existe là-bas une autre firme : la Stretcher Manufacturing Company, plus puissante que la Carrington, et qui travaille exactement dans le même créneau : la prothèse. Incroyable, n'est-ce pas? Qui aurait pu croire qu'un jour on verrait un marché international de la prothèse? Et pas seulement de la prothèse, car ces gars-là voient loin... de la civière, de l'ambulance, du matériel de chirurgie pour zones de catastrophe, de séisme ou de révolution.

– Evidemment, dit Clarieux, il y a un marché à prendre. Entre les attentats terroristes, les soulèvements et les coups d'Etat, le marché est immense, et si je comprends bien, on va voir naître et proliférer les multinationales du membre artificiel.

– Exact. Et comme toujours la multinationale la plus riche va bouffer ses concurrents les moins bien armés. Or – et c'est là que vous allez intervenir, mon cher commissaire – si nos renseignements sont exacts, la Stretcher est plus puissante que la Carrington et elle commencerait à tirer des plans pour l'absorber. On croit même, en haut lieu, qu'elle chercherait, grâce à des investissements en France, à blanchir des fonds dont l'origine resterait douteuse... J'ai eu, ce matin, au téléphone, le chef du cabinet du ministre de l'Intérieur... et il m'a dit ceci, qui est naturellement confidentiel : « Où pourrait-on trouver un endroit mieux choisi que Bayeux pour y construire une usine travaillant pour le mieux-

– Qui était leur émissaire?

– Personne! Seulement une voix au téléphone Ce qui donnait à peu près ceci : « Docteu Argoux, la Stretcher Manufacturing Compan organise à Paris, pour la fin du mois, un symposium auquel nous aimerions que vous assistiez étant donné l'importance de vos travaux... Alors, naturellement, j'ai voulu en savoir davantage. Inutile. Tout ce que j'ai appris, c'est qu l'on serait honoré si j'acceptais de prendre l parole, et j'ai failli dire oui. Pourquoi? Parce qu nos revues médicales ont fait état d'une techniqu nouvelle, mise au point par la Stretcher, pou supprimer la hantise du membre fantôme chez le amputés. Vous pensez si j'ai réagi. Si par malheu c'est vrai, mes recherches sur certaines douleur persistantes sont dépassées.

– Vous pouvez me rendre ça plus clair demande Clarieux.

– Leur découverte, dit Argoux, est la suite d leurs travaux sur les prothèses. Mais vous ignore peut-être que leurs reproductions visent surtout l matériel lourd. Ils ont mis au point, par exemple une ambulance qui peut emporter d'un seul cou une dizaine de blessés tout en conservant de dimensions raisonnables. C'est ce qu'ils appellen la technique des tuyaux d'orgue, chaque bless prenant place dans un tube capitonné contigu d'autres tubes, le tout pouvant s'extraire latéralement du véhicule comme le barillet d'un revolver.

– Ingénieux! admire Clarieux.

– Oh! pas tant que ça! C'est un brevet japonais. Mais ils en sont déjà à la grande série! C'es ce qui fait leur force! Ils cherchent la productio de masse, alors qu'ici nous travaillons en perfectionnistes. C'est ce qui les a conduits à créer de

être de la population et des laboratoires spécialisés dans la mise au point d'analgésiques vraiment efficaces... »

– Je ne vois pas le rapport! objecte Clarieux.

– Mais si... qui dit analgésique dit cocaïne, héroïne, bref tous les produits à l'index, mais dont la manipulation et l'usage, dans des laboratoires pharmaceutiques, deviennent chose normale et légale...

– Oh! oh! proteste Clarieux. C'est surveillé.

– D'accord. mais qui empêchera de soi-disant touristes américains de venir se recueillir sur des lieux sacrés et d'en profiter pour trafiquer un peu?

– Dites donc, plaisante Clarieux, vous voyez grand!

– Pas encore assez... Pourquoi, justement en cette période d'anniversaires historiques, voit-on courir, dans la fondation et en ville, des lettres anonymes invitant Carrington à faire sa valise? Pourquoi un crime est-il commis justement dans le quartier où on lutte contre la douleur? Et pourquoi les responsables font-elles justement partie du personnel le plus qualifié?... Est-ce que cela ne ressemble pas aux premières escarmouches d'un combat au finish entre deux firmes s'affrontant sur le même terrain économique? Rapprochez les faits, mon cher commissaire.

Et à voix presque inaudible :

– Encore un peu de café, André! Ça t'a secoué, hein?

– Oui, je l'avoue! dit Clarieux, pensif. Je n'arrive pas à me voir combattant entre ces deux monstres, moi qui ne suis qu'une puce!

– Et attendez! Je ne vous ai pas encore vidé mon sac. Allons au salon.

Ils emportent leurs tasses et s'installent dans

une pièce qui sent, de loin, son célibataire. Sur une table, il y a, en vrac, des journaux dépliés.

– Tout ça, à votre intention! Car je n'ai pas perdu mon temps, moi non plus. Lisez les titres. La presse locale, d'abord : *La Dépêche du pays d'Auge* : « Un corbeau, au centre Carrington », *Paris-Normandie :* « Que se passe-t-il à la fondation Carrington », *L'Echo de l'Ouest :* « Ça va mal, au centre antidouleur »; la presse parisienne : *Libération :* « Payez, vous mourrez tranquille », *Le Monde :* « Serait-ce l'annonce d'un scandale », *Le Figaro :* « Beaucoup d'agitation autour d'un havre de paix », etc.

– Oui, bien sûr! dit Clarieux. Mais enfin ce n'est pas terrible!

– Pas terrible, eh bien, mon vieux, s'écrie le divisionnaire. Mais c'est l'annonce d'une campagne de presse! Et quand on apprendra qu'il y a vraiment mort d'homme!... A ce propos, colle-moi ces quatre bonnes femmes en garde à vue. Il faudra bien qu'elles nomment l'auteur de toute cette machination. Et tu veux savoir ce que je renifle, moi, dans mon petit coin? Eh bien, il y a déjà de la Stretcher Company là-dessous. Les autres, le personnel du centre, tous des pions. Je dis ça pour te rassurer, André. Toute cette mise en scène dont tu me parlais tout à l'heure, l'élixir de détresse, les hôtesses du dernier soupir, du bluff. Derrière ça, le sordide quotidien, et là nous sommes à l'aise! Qu'est-ce que tu veux! C'est notre lot! Je ne dis pas – attention! – que la fondation Carrington est un mauvais lieu. On y fait sûrement de l'excellent travail! Mais... voilà! Nous en resterons sur ce « Mais ».

Pas facile de mettre le nez dans les comptes en banque, malgré les documents officiels présentés

par Clarieux. Il commence par Valérie. Rien de notable. Elle ne dispose que de 5 000 francs. Le centre lui verse 10 000 francs par mois et cet argent est rapidement retiré. Pas de gros versements. Rien de suspect.

Un coup d'œil sur le personnel. Carrington paie bien, mais sans excès. Quant à savoir ce qu'il gagne, lui, porte close. C'est la Barclay's qui s'occupe de ses affaires et il n'est pas question de forcer le secret de ses avoirs ou de ses placements. De même, sa fille est étroitement protégée par le secret bancaire. Tout ce que Clarieux réussit à apprendre, c'est qu'elle est financièrement indépendante grâce à la fortune héritée de sa mère. Restent les deux docteurs. Avec Argoux, pas de problème. Il vit au grand jour. Il touche quatre millions de centimes par mois. Clarieux enrage, parce que Carrington paie son monde en dollars, et on n'en finit plus de jouer de la calculette. Melville touche un peu moins parce qu'il a moins d'ancienneté, mais lui aussi vit au grand jour. Rien n'indique qu'un groupe rival, et plus précisément la Stretcher, a essayé de l'acheter. D'ailleurs, Carrington doit s'y entendre à lier ses employés par des contrats léonins!... Et pourtant Clarieux est sûr, après ce qu'il a appris chez le divisionnaire, qu'il y a eu des contacts secrets avec des gens du centre. Le mieux ne serait-il pas de s'en ouvrir carrément à Argoux? Le docteur, paraît-il, travaille dans son laboratoire. Tant mieux! L'entretien n'en sera que plus confidentiel. Allons voir.

– La Stretcher? dit-il. Non seulement je la connais, mais j'ai été pressenti par elle. Oh! à peine! Et à mots voilés. Juste pour tâter le terrain. J'ai fait celui qui ne comprend pas et ils n'ont pas insisté.

prothèses en caoutchouc moulé. Imaginez une jambe coupée. Eh bien, il suffit de prendre le moulage de l'autre jambe et d'en faire une pièce d'un seul tenant pour obtenir un membre parfaitement symétrique qui se met et s'enlève comme une botte tout en conservant la souplesse du vivant. Alors, plus de fantôme ! Le membre fantôme n'est que le frère exilé et inconsolable de celui qui reste. C'est du moins la théorie. Si elle est juste, ma molécule bêta est foutue.

Il sort de son coffre une boîte de poudre de riz, et l'ouvre. Elle contient une matière rose et grasse comme de la vaseline.

– Maud a consenti à l'essayer, dit-il. C'est probablement ce qu'on a trouvé de mieux pour garder aux moignons à la fois souplesse et fermeté. Or, dès que le problème du moignon disparaît, le problème du fantôme disparaît du même coup. C'est dire que nous sommes à égalité avec les Américains. Mais ils nous battent pour tout ce qui concerne la publicité et la distribution. Tandis que William se perd en gadgets de plus en plus sophistiqués, les autres mettent sur le marché des jambes, des pieds, des bras, des mains, en caoutchouc... des trucs qu'on achètera bientôt chez son pharmacien comme des préservatifs. Je sais ! En France, ça risque de ne pas marcher ! Mais la France ne produit pas assez d'estropiés pour que les prothèses Carrington soient rentrables ! Au contraire, prenez l'Amérique ! Rien que ces petits pays comme le Salvador, le Honduras – je ne sais même pas où ça se trouve – là, au moins, ça bouge, ça saigne, c'est le règne de l'éclopé. Je l'ai dit à William. Installez-vous à Mexico, à Rio, partout où la moindre prothèse en fil de fer se vend au marché noir ! Mais ici, c'est cuit. Non ! Il s'entête. Ce n'est pas un industriel !

C'est une espèce de luthier qui frabrique des Stradivarius quand on réclame des guitares électriques. Je suis complètement découragé ! ajoute le docteur.

Après un silence qui dure, il conclut.

– Je suis tellement vieux ! Et pourtant l'idée, c'est bien d'en revenir aux endomorphines naturelles ! Je suis sûr d'avoir raison !

Chapitre 8

Clarieux mettra bien du temps avant de comprendre le sens et la valeur de cette réflexion désabusée. Pour l'instant, il ne songe qu'à réconforter le docteur.

– Vous devez continuer ! dit-il. Pensez à tous ceux qui souffrent ! Il n'y a pas que les amputés, et votre molécule miracle peut soulager toutes sortes de misères. Si je comprends bien, la firme concurrente peut s'assurer une grande avance en matière de prothèses mais vous gardez l'avantage concernant le traitement de la douleur en général.

– Oui, dit Argoux.

– Si Carrington est obligé d'accepter les conditions de la Stretcher, vous êtes libre, vous, de céder votre découverte à un autre groupe !

– Oh ! évidemment ! Mais je ne veux pas me fâcher avec William. A cause de nos souvenirs, et aussi à cause de Maud. Excusez-moi, commissaire. Cet entretien m'a fatigué.

– Mais vous n'avez pris aucune décision ! Avez-vous seulement abordé la question avec Carrington ?

Sursaut du docteur. A son attitude embarrassée, Clarieux devine qu'il n'a pas encore osé.

– Si je me permets de vous interroger, dit

Clarieux, ce n'est pas pour satisfaire ma curiosité, mais je dois absolument tirer au clair les rapports qui existent entre vos deux entreprises.

– Allons donc, proteste Argoux. Il n'y a pour le moment aucun contact entre nous !

– Pas sûr ! dit Clarieux. Vous oubliez qu'on a tué Antoine. Et ça prouve qu'il y a dans votre entourage un agent de la Stretcher. Je vous conseille, docteur, d'ouvrir l'œil.

– Que comptez-vous faire ? demande Argoux, tout de suite alarmé.

– Chercher qui travaille déjà à ruiner Carrington. Je vais m'installer au centre, vivre parmi vous, réfléchir, observer.

– William ne va pas être d'accord.

– Tant pis. Il faudra qu'il me supporte. De ce pas, je vais lui demander quelques éclaircissements.

– Il ne vous recevra pas. Il est en pleine crise de goutte.

– Eh bien, j'attendrai.

Clarieux serre longuement la main d'Argoux. Il a envie de lui dire : « Je suis là, mon vieux. Ne craignez rien. » Mais il ne sait pas parler quand il doit trouver certains mots. Il s'en va, à la recherche du Dr Melville. On le renvoie de service en service ; il ne déteste pas de s'égarer un peu, ce qui lui permet de prendre la mesure du centre. Il s'arrête un instant au seuil de la salle de rééducation. Ici, on a un aperçu du matériel nécessaire aux soins. Ça pédale, ça mouline, ça tire sur des poids. Il y a des appareils pour ramer, d'autres pour boxer ; il y a des haltères, des ballons, des échelles et des cordes à nœuds. Et tout cela sort aussi de la Carrington. Oui, il s'agit bien d'une très vaste entreprise. Toute cette machinerie anti-douleur représente des intérêts énormes.

– Ça vous épate, hein, commissaire!

Patrick est là, avec son sourire moqueur, ses mains dans ses poches, aux lèvres une cigarette qui n'a pas été allumée.

– J'ai bien le droit de m'accorder quelques minutes de repos! plaisante-t-il. On croit qu'un psychiatre, parce qu'il est assis, ne se fatigue pas! Quelle blague! Les maux des autres, il faut les prendre sur soi, les respirer, les filtrer. Alors je passe ici, de temps en temps, pour me dépolluer.

– Que savez-vous de la Stretcher? attaque Clarieux.

Patrick éclate de rire.

– Avec vous, bille en tête! dit-il. Pas de fioritures. Eh bien, je sais ce que tout le monde sait. La multinationale de la prothèse.

– Vous n'avez jamais été contacté?

– Et pourquoi diable aurais-je été contacté? Ces histoires de prothèse ne m'intéressent pas. C'est la marotte de Carrington. Bon. Ça le regarde. Mais si vous voulez mon avis, il a déjà perdu la partie.

– Pourquoi?

– Mais parce qu'il fabrique, dans son usine de Detroit, des articles beaucoup trop compliqués et surtout trop solides. Prenez une jambe artificielle. A mesure que l'amputé vieillira, son corps se modifiera. Il pèsera peut-être plus lourd, où se tassera ou se déformera par le simple jeu de l'âge, du métier, du genre de vie. Mais la prothèse, elle, ne suivra pas le corps dans ses légères métamorphoses. Elle sera toujours là, comme un piquet accolé à une plante flétrie. Chez Stretcher, ils ont compris cela. Leurs prothèses sont faites pour les estropiés, et pas les estropiés pour leurs prothèses! Ils mettent sur le marché des articles aussi simplifiés et bon marché que possible.

– Des articles qui ne valent rien! dit Clarieux sans la moindre animosité. Il ne fait que se renseigner.

– Peut-être! réplique Patrick. Mais moi, je trouve cela génial. La prothèse jetable, comme les briquets, les lames de rasoir ou les préservatifs. La Carrington américaine, savez-vous ce qu'elle montre sur d'énormes affiches? Une jambe artificielle et sa cuisse en position de course à pied! Avec le slogan : *Elle fera le tour du monde.* Et savez-vous comment la Stretcher a riposté? Par l'image d'une vieille jambe artificielle avachie, à côté d'une prothèse toute neuve, toute pimpante, qui a l'air de dire : « Chaque matin, je renais. » D'accord! ça ne casse rien, mais ça parle. Aussi, je vous le dis : Carrington est cuit.

– Mais alors, pourquoi n'allez-vous pas chez le concurrent?

De nouveau le rire insolent de Patrick.

– J'attends qu'il me demande! Mais il n'y a pas de danger. D'abord, couler Carrington. Et ce n'est quand même pas aujourd'hui la veille.

– Avouez que ça en prend le chemin! Déjà, cette campagne de presse.

– Oui, oui. Mais notez que l'apparition de ces centres antidouleurs déclenche dans le public un grand mouvement d'adhésion. Déjà, on a tendance à y venir pour des douleurs banales, comme celles de certains rhumatismes. Alors, il est possible que la mode, l'engouement, le snobisme, aident la Carrington à survivre! On y viendra en cure, comme à Vittel.

– A moins que...

– A moins que quoi?

– Je ne sais pas! Un gros événement... Un scandale... Au train où vont les choses!

– Commissaire, vous ne m'avez pas l'air d'être dans votre assiette.

Clarieux s'appuie à la croupe du cheval d'arçon, et médite un instant.

– C'est vrai! dit-il. Quand je suis arrivé, je m'attendais à conduire une enquête sans grande portée : une petite ville, des lettres anonymes, un milieu médical travaillé par les intrigues haineuses qui sont de règle dans un hôpital, rien que du banal, en somme, sauf les méthodes d'avant-garde pratiquées ici. Et puis, très vite, j'ai compris que quelque chose m'échappait.

– Quoi, par exemple, dit Patrick, qui s'amuse à se soulever sur les anneaux.

– Eh bien, vous, si vous voulez savoir... Maud... son père... le Dr Argoux, les gens, quoi, qui ne sont pas comme ailleurs. Et je ne parle pas du reste! Voyons, a-t-on idée d'une industrie aussi farfelue que celle des prothèses? Quand j'essaie de réfléchir à tout ça, non, je ne peux pas m'empêcher de penser que c'est de la blague. Si je n'avais pas eu, brusquement, des révélations sur la rivalité de vos deux firmes, j'aurais dit à mon chef : Confiez l'enquête à un autre! Moi, je suis dépassé! J'ai l'impression qu'on se fout de moi!

– Et maintenant! ironise Patrick.

– Maintenant, ça va mieux parce qu'au fond on retombe sur un conflit de toujours! Les Montaigu et les Capulet. Et ce qui commence à me plaire, c'est le caractère burlesque de leur combat. Ils fabriqueraient des masques de carnaval que ce ne serait pas plus drôle! Tenez! Regardez ça...

Du menton, il montre discrètement une femme

d'une trentaine d'années, soigneusement maquillée et vêtue d'un blouson et d'un pantalon fuseau.

– C'est Mme Gladys Muller! dit Patrick, entre ses dents. Elle vient faire ses exercices.

Elle passe près d'eux, gracieuse, souriante, mais elle a une démarche de scaphandrier.

– Les deux pieds! souffle Patrick. Tombée sous un train dans la bousculade d'un week-end... Prothèses Carrington, naturellement.

Clarieux se tait. Patrick s'enlève d'un coup de reins et se reçoit à cheval sur l'encolure de l'appareil.

– Elle a divorcé, dit-il. Elle fait front mais, au fond d'elle-même, elle est détruite. Comme je lui conseillais de se remarier, elle a eu ce mot qu'elle m'a assené comme une gifle : « Le bonheur à cloche-pied, n'est-ce pas? Merci! » Dans ce cas-là, commissaire, on ferme sa gueule! Mais en un sens, vous avez raison! il y a, dans notre métier de raccommodeurs, quelque chose qui se situe entre rire et sanglot. Peut-être sommes-nous en train – les Carrington, les Stretcher – de développer en nous un certain état d'aveuglement qui remplace peu à peu ce que le bon public appelle la compassion. Après tout, l'essentiel est de vivre sans trop regarder aux moyens du bord. En ce qui me concerne, commissaire, j'ai pris mon parti de tout!

Il saute à terre, légèrement, rit encore avec une vraie gaieté.

– Allez! Au boulot!

Avec un soupir de lassitude, Clarieux sort derrière lui.

– A cette heure, dit Patrick, vous avez une petite chance de trouver Maud dans le jardin. Si vous voulez lui parler de la Stretcher, c'est le moment ! Elle doit bouquiner ! Que voulez-vous qu'elle fasse !

Le docteur a raison. Clarieux aperçoit Maud, près de la petite pièce d'eau où nagent des poissons bizarrement décolorés et vaguement albinos. Elle lève la tête mais n'esquisse pas le moindre geste d'accueil.

– Je peux ? dit Clarieux en montrant le banc.

Il s'assoit, regarde obliquement le livre entrouvert... Gide, *Les Nourritures terrestres*. La phrase célèbre lui revient comme un haut-le-cœur : « Nathanaël, je t'enseignerai la ferveur. » Maud porte sa prothèse, sans doute la plus perfectionnée. La chose est en partie cachée par le jean, mais à la façon dont elle tend l'étoffe avec raideur on devine qu'il s'agit d'une armature qui refuse la rondeur, la souplesse de la chair et du muscle.

– Regardez ! dit Maud, d'une espèce de voix absente. Je dois la sortir et la promener le matin, pour faire plaisir à papa.

Elle allonge une bottine noire, vernie, dont le laçage en trompe l'œil s'efforce d'être élégant.

– Elle est chouette, n'est-ce pas ?

Et elle fait passer dans ce mot toute la dérision dont elle est capable.

– Oh ! mais, poursuit-elle, le monument peut se visiter. Si j'étais chez moi, je n'aurais qu'à lâcher une boucle, sur ma hanche, et tout le machin se libérerait. C'est la dernière trouvaille de papa... Le bouton-poussoir. La prothèse s'enlève comme la cuissarde d'un pêcheur de truite. C'est pour la remettre en place que ça va moins bien. Il faut être deux. Ça ferait la fortune d'un bordel.

– Je vous en prie ! murmure Clarieux.

Cette fois, elle le regarde franchement.

– Vous êtes bien comme les autres ! dit-elle. Vous me plaignez. C'est comme la pièce jetée dans la sébile. On se dépêche de payer pour être quittes!...

Il tend sa main vers elle. Elle s'écarte précipitamment.

– Ne me touchez pas!

Elle se radoucit un peu et ajoute.

– Vous n'êtes pas venu simplement pour me tenir la jambe...

Le mot, qui lui est venu spontanément, l'amuse.

– Excusez-moi, commissaire! Ce n'est pas mon genre de faire de l'esprit. Alors, vite, qu'est-ce que vous me voulez?

– J'ai appris beaucoup de choses! dit Clarieux. J'ignorais que M. Carrington subissait les attaques d'une firme rivale.

– Vous voulez dire que la Stretcher veut sa peau! Bien sûr! A Detroit, tout le monde le sait. Seulement, l'offensive n'en est qu'à ses débuts. Il n'y a que quatre ou cinq ans que tout a commencé! Et savez-vous comment?

– Je vous écoute!

– C'est encore une suite de la guerre du Viêt-nam. Un certain Morrison s'est aperçu que lorsque disparaissaient des mutilés du Viêt-nam, les prothèses étaient rachetées par des ferrailleurs qui les réparaient et les vendaient un bon prix à un tas de pauvres bougres rescapés de divers conflits. On a vu peu à peu apparaître et se développer un marché de la prothèse d'occasion. Si ça vous intéresse, je vous montrerai des articles et des photos parus dans *Life*...

– Mais, objecte Clarieux, le Viêt-nam, ça n'a duré qu'un temps.

– Faites confiance, dit-elle. Il y a toujours des horreurs quelque part. Par exemple, les boat people!

– Quoi, les boat people?
– Pensez aux requins!
Il ne peut retenir un mouvement de dégoût et chuchote :
– Vous vous délectez, hein?
Elle le regarde avec mépris.
– J'exagère, soit. Je vous enverrai des extraits de *Life.*
Clarieux se lève, la contemple, à la fois attiré et repoussé. Elle est belle, il se le dit encore une fois, et pour se donner une raison de s'attarder, il demande :
– Naturellement, jamais personne de la Stretcher n'a cherché à vous contacter?
– Oh si! Une voix, au téléphone. Un certain Conrad Hessler aurait été heureux de me rencontrer. Je n'ai pas donné suite.
– Pourtant, votre père...
– Quoi, mon père! Vous pensez tout de suite, en bon flic que vous êtes, que l'occasion serait belle pour moi de régler certains comptes! Pas comme ça! N'écoutez pas les ragots du Dr Melville! Patrick n'est qu'une vieille chipie!
– Dont vous acceptez les cadeaux! coupe Clarieux.
– Les bonsaïs, c'est ça! La vérité, c'est que ça nous amuse tous les deux! Nous dialoguons par petits monstres interposés. Mais je vais vous dire encore une chose, commissaire! Jamais je ne laisserai la Stretcher s'emparer de ce centre, j'aimerais mieux le voir disparaître. Je ne suis pas une bonne Carrington, mais je suis une Carrington. Maintenant, j'aimerais bien rendre la parole à ce pauvre Nathanaël! S'il avait eu un cancer du foie, je me demande à quoi lui aurait servi sa ferveur!
Elle reprend son livre comme si Clarieux

n'avait pas été là à la scruter avec une espèce de souffrance. Il se retire, après un court salut à l'absente. Marchant à pas lents, il récapitule : Carrington évidemment, mais Maud, et les deux docteurs, tous touchés par un agent de la Stretcher. Et d'autres sans doute! L'ennemi est dans la place. Il grignote. Que peut-il offrir? De l'argent? On s'en apercevrait. Mais peut-être des promesses alléchantes! Ce n'est pas suffisant. Des menaces? Pourquoi pas! Antoine est mort au nez et à la barbe de la police! Pas de raison que cela ne continue pas!

Il se dirige vers la chambre qui vient d'être préparée pour lui. Elle est sous les toits, le plafond au ras du crâne, et une radio qui marche dans les environs. Il n'y a pas beaucoup de place libre, au centre, en ce moment. On s'est excusé mais Clarieux a senti la mauvaise volonté. Il est l'invité imposé et indésirable! Marcel est en train de faire le lit. Il est adroit, rapide, discret. Cependant, Clarieux lui pose la question, comme il est bien décidé à la poser à tout le monde. Mais non, Marcel n'a jamais entendu parler de cette société – comment vous dites? La Thatcher?... Comme Mme Thatcher?... Ah! c'est une firme américaine?... Non, elle ne s'est pas encore manifestée... Oui, Marcel était de service, quand Antoine est mort. De service mais pas dans cette partie du centre. Son travail est fait de rondes successives, à heures fixes. Il doit composter un peu partout. Il peut montrer au commissaire les différents itinéaires dont le schéma est affiché à la réception. Bon, bon! Clarieux le congédie, vide sa valise que le complaisant Marcel a fait suivre, et se hâte de quitter à son tour cette mansarde d'où n'est pas absent le désir de brimade. Il y a un endroit qu'il n'a pas encore visité : la petite salle de massage, à côté de la salle de gymnastique. Il y va d'autorité, puisqu'on le traite comme un intrus.

Le masseur est un robuste gaillard d'une trentaine d'années. Tout le monde l'appelle Georges, et il connaît tous ses patients par leurs prénoms. Pour le moment, il s'occupe d'une vieille dame aux nudités affligeantes. Près de lui, il y a des flacons, des tubes, des mortiers, et il va de l'un à l'autre, précis, efficace. Un peu de pâte au creux d'une main, comme un vitrier avec son mastic. Du pouce de l'autre main, il cueille une noix de la mixture et l'applique sur le dos de la vieille dame qui se plaint aussitôt.

– Georges, vous êtes une brute.

Il rit d'un air complice en regardant Clarieux :

– Vous pouvez parler, commissaire. Elle est sourde comme un chaudron.

– Qu'est-ce qu'on lui a fait ?

– Rien, dit Georges avec indifférence.

Il donne une petite claque sur les côtes qui saillent et commente :

– C'est tout pourri, là-dedans. Il n'y a plus qu'à attendre ! Allez, grand-mère, tournez-vous que je m'occupe de vos bas morceaux.

– Triste ! dit Clarieux.

– Attention ! s'exclame le masseur. Ce n'est pas de l'embrocation que je lui passe sur la peau. C'est de la pommade du Dr Argoux. Ça enlève les douleurs comme si on soufflait dessus. Je vous assure que le client en a pour son argent.

– Avez-vous entendu parler de cette société rivale, la Stretcher ?

– Vaguement. Au moment des fêtes du 6 juin, j'ai vu passer ici un ancien G.I. qui venait faire réparer sa prothèse. Pour du matériel américain, c'était une belle camelote. Le patron s'est chargé lui-même du rafistolage et ce nom, là... Thatcher... je me rappelle qu'il l'a prononcé, mais comme il parlait anglais, je n'ai rien compris.

– Et c'était vraiment de la camelote ?

– Pire, commissaire ! Les parties en caoutchouc étaient toutes fissurées. Excusez, la pauvre vieille étouffe, quand elle est sur le ventre. Voilà, grand-mère !

Clarieux rebrousse chemin et croise Marcel. Celui-là, on le rencontre partout, à croire qu'il ne dort jamais. Il brandit une enveloppe.

– Pour vous, commissaire. De la part de Mlle Carrington.

L'enveloppe contient deux dessins découpés dans un magazine, sans doute *Life*. Clarieux s'arrête pour les regarder mieux. Le premier représente un homme, de dos, qui montre quelque chose dans le creux de ses mains, exactement comme s'il faisait voir à la sauvette une photo porno. Il dit, dans une bulle : « Le dernier modèle de pacemaker. Il n'a servi qu'une fois ! »

L'autre dessin – mais en vérité c'est une photo un peu imprécise – est l'image d'un magasin d'articles d'occasion. Rien que des prothèses, en vrac, des bras, des souliers orthopédiques, des minerves, des choses bizarres, plusieurs fois mortes ! Et, au coin de l'étalage, une femme aux jupes retroussées se tient devant un employé à genoux qui, avec un centimètre, lui prend la mesure de la cuisse. Un écriteau indique : *For Sale*. Un autre, dans la vitrine, au-dessus d'un tas d'épaves dit quelque chose qui doit signifier : *A louer – Rent One*. Clarieux glisse les documents dans leur enveloppe et s'aperçoit alors que Maud a écrit à son intention : *A Monsieur le commissaire Cla-*

Chapitre 9

Clarieux est sur la défensive. Cette invitation inattendue, à 10 heures du matin... Carrington veut-il ouvrir les hostilités? Il a pourtant l'air très aimable de quelqu'un qui tient à s'excuser d'avoir commis une impolitesse. Tout de suite, le fauteuil, le coffret aux cigares, et des sourires, et le calvados.

– Vous avez dû penser, commissaire, que j'étais un vieil ours, ou même que j'avais du mal à tolérer votre enquête. Non. Je me suis enfermé pour ne pas être dérangé dans mes travaux et j'ai la satisfaction de vous dire qu'ils s'achèvent... Un doigt d'alcool, pour me faire plaisir.

Il emplit deux verres et rapproche son fauteuil de celui de Clarieux.

– Vous vous posez des questions, n'est-ce pas, sur mon conflit avec la Stretcher! Je le sais par Maud.

– Justement, coupe Clarieux, elle m'a paru très montée contre...

– Oh! vous pouvez le dire..., commissaire... Contre tout le monde? La Stretcher, moi, le centre, vous, la vie, et elle-même pour finir... Elle est restée une petite fille qui cherche encore sa mère.

Clarieux fait un geste pour l'interrompre.

rieux, qui est libre de croire ou de ne pas croire!

– Je crois! murmure-t-il avec accablement. Et il ajoute cette phrase qu'il prononce si souvent : Dire que c'est sur moi que ça tombe!

Il va se réfugier à la bibliothèque. Faire un rapport, bien sûr, mais pour conclure comment?

Une cassette t'en dira plus long, mon pauvre ami! Oh! tu auras ton rapport, dans les formes, c'est-à-dire que le plus important sera noyé dans le style langue de bois de règle chez nous. Mais comment t'exprimer convenablement mon embarras? Tu m'as envoyé dans une espèce d'univers parallèle où je ne trouve plus mes repères. Car il n'y a pas une fondation Carrington, mais un petit monde Carrington où tout se brouille et se confond : le don de soi et l'égoïsme, le désintéressement et la cupidité, mais surtout l'intelligence et une sorte de tranquille cynisme. D'un côté, il y a la lutte contre la douleur évitable et le dernier raidissement devant la mort. Tout un personnel, nuit et jour, se bat pour cet idéal et, à sa tête, se trouve le Dr Argoux, dont les recherches sur les analgésiques font autorité non seulement en France mais à l'étranger. Mais d'un autre côté (et là nous entrons dans le domaine de la paranoïa) il y a l'ingénieur Carrington lui-même, qui rêve de conquérir le monopole de la prothèse « haut de gamme » pour parler leur jargon. Et cela procède d'un authentique sentiment philanthropique, car il est vrai que les besoins en appareils orthopédiques n'ont jamais été aussi grands! Consulte, par curiosité, les statistiques : un jour de grand départ coûte 150 vies humaines et plusieurs centaines de blessés dont

50 ou 60 auront besoin de membres artificiels! Donc, il est exact qu'un centre antidouleur comme le sien montre la route à suivre. Malheureusement, les lois du marché, en même temps que l'ambition personnelle, poussent Carrington à faire de sa fondation, avec ses autres établissements américains, une véritable multinationale visant à contrôler la production d'un matériel sans équivalent ailleurs. Et il se heurte maintenant à une industrie rivale, la Stretcher Manufacturing Company (siège à Chicago) qui le combat grâce à un vrai dumping. Imagine la prothèse au prix d'une sandalette. C'est scandaleux, mais ça marche, si j'ose dire. Et la Stretcher cherche maintenant un débouché européen, coûte que coûte. Or, je crois – sans en être sûr – qu'elle a un agent à Bayeux et que l'entreprise de démolition du centre Carrington est déjà commencée (voir rapport, page 6). Antoine est mort. Après lui, qui sera la victime? Et quand le scandale éclatera, la fondation, à son tour, volera en éclats. Voilà où nous en sommes! Une affaire criminelle se développant, comme un champignon vénéneux, sur une entreprise digne de notre estime. Peut-être te rappelles-tu ce film *Le Troisième Homme* qui montrait une petite mafia mettant la main, au lendemain de la guerre, sur le marché de la pénicilline. Eh bien, c'est ça qui recommence, avec cette circonstance aggravante qu'il ne vient à personne l'idée qu'on puisse confisquer quelque chose à quoi on n'aime pas beaucoup penser. Et je finirai par cette observation décourageante. Il n'y a pas de fripouilles chez Carrington ni chez ses adversaires. On joue le jeu, voilà tout! Mais on le joue avec une espèce d'attention hallucinée. Personne ne cédera. A moi d'y mettre le holà! Eh bien, je le confesse... je ne sais pas comment m'y prendre. Pas question d'interroger des gens qui sont là pour mourir dans la paix! Ou qui attendent la coupe d'élixir qui va les délivrer – croient-ils – de leur douleur, ou encore qui apprennent à faire amitié – au prix de quelles révoltes! – avec un bras ou une jambe qui refuse de les reconnaître! Quant au personnel! C'est le mur du sourire. Tout va toujours bien. Voyez le docteur... Et Carrington? Il s'enferme avec sa bouteille de gnôle et ses outils d'horloger. Et quand je longe un couloir, je crois entendre, devant moi, courir la rumeur : Voilà le flic! Ah! je te jure, mon vieux! Ce n'est pas un métier! Je ne prétends pas que je préférerais être dans la peau du policier sur le sentier de la guerre : « Que personne ne bouge! » « Arrêtez ou je tire » et autres calembredaines pour bandes dessinées. Mais j'aimerais sentir autour de moi un peu de vraie déférence! Je stoppe ici l'élégie du pauvre commissaire. Salut, Charles! A vos ordres, monsieur le Divisionnaire.

Clarieux

P.S. : Carrington a bénéficié d'importantes donations, venant de patients reconnaissants. Mais rien d'illégal. D'autre part, le budget de la fondation est considérable, mais l'hospitalisation coûte très cher. Rien à redire.

– Oh ! laissez..., dit Carrington. Elle s'est mis dans la tête que je suis la cause de tout et elle me punit, chaque jour, patiemment, avec une férocité dont j'espère qu'elle n'a pas claire conscience. Pourquoi croyez-vous que je me donne tant de mal ? Eh bien, c'est pour mettre enfin au point un appareil qui pourra lui rendre une vie normale. Elle refuse. Elle est coincée dans son refus comme un blessé de la route bloqué sous un amas de ferraille.

Il garde son verre près de ses lèvres, hume l'alcool longuement, pour prendre le temps d'éloigner sa détresse, regarde enfin Clarieux.

– Vous pensez que je suis un vieil égoïste, tout à ses manies. Vous avez raison, je suis un vieil égoïste. Je passe mon existence – ou du moins ce qu'il en reste... – à bâtir des projets qui me font vieillir sans trop de révolte ou de découragement. Mais, si je vous ai demandé de venir, ce n'est pas pour me plaindre devant vous. C'est pour que vous sachiez où j'en suis par rapport à l'autre société. Cette fois, je suis sûr de gagner. Je vais vous montrer quelque chose. Venez voir.

Il vide son verre d'un trait, entraîne Clarieux par le bras, jusque dans son atelier. Là, le commissaire découvre un mannequin fort séduisant, vêtu d'un soutien-gorge et d'une culotte, un bras gracieusement plié, une jambe soulevée pour mettre le porte-jarretelles à portée de la main. Alors d'un geste de prestidigitateur, Carrington manipule rapidement un ressort situé dans le dos du mannequin et aussitôt toute la jambe gauche se détache ; Carrington la présente au commissaire comme une offrande, et récite, le visage ébloui :

– Un an de recherches. Titane, fibres de verre, caoutchouc spécial en tissu de parachute, façon chair. Se met et s'enlève comme un sous-vêtement. Quant au prix... je ne sais pas encore. Ça dépendra de Maud. Forcément un prix assez élevé, parce qu'on ne peut produire qu'en petite série. Mais si Maud consentait à faire la promotion de cet appareil, je consentirais à perdre dessus pour la joie de la voir s'intéresser à quelque chose. Le modèle précédent avait un grave défaut, vous vous rappelez? Il laissait voir son intérieur. Ici, rien de tel, c'est une jambe, une cuisse d'aspect absolument normal. J'ai pris les mesures sur le corps de miss Canada. Imaginez ma petite Maud ainsi appareillée : elle aurait vraiment de quoi plaire.

« Ça y est! pense Clarieux. Il commence à dérailler. »

– Peut-être! dit-il. Je ne suis pas bon juge. Lui en avez-vous parlé?

– Pas encore. J'ai voulu avoir votre avis, d'abord, justement parce que vous n'êtes pas un bon juge. Vous êtes n'importe qui et ça doit plaire à n'importe qui. C'est avec cette prothèse que je compte battre la Stretcher.

Il reprend délicatement le membre d'aspect si féminin et, d'un geste souple et enveloppant, comme celui d'un grand couturier, clac, il le fixe sous le porte-jarretelles, puis, avec sa pochette, il se tamponne les lèvres, comme si l'épreuve avait été trop rude pour lui. Les deux hommes reviennent en silence dans le living. Changement de ton, Carrington dit en confidence :

– Je n'aurai plus besoin du Dr Argoux. C'est un vieil ami, d'accord, mais entre nous il aime un peu trop les femmes. J'ai inventé cette prothèse pour résoudre le problème de l'attelage, je veux dire de la fixation de l'appareil sur le moignon. Mon système évite tout tripotage suspect.

Il se verse une nouvelle rasade de calvados et murmure des paroles que Clarieux ne comprend pas. Craignant d'être indiscret, Clarieux enchaîne :

– Vous n'envisagez pas de faire un holding avec la Stretcher ?

– Ah ! ça, jamais ! explose Carrington. D'ailleurs, j'ai pris mes dispositions. Je compte me développer à Turin et à Milan, ce qui va m'amener à scinder en deux ma société. Il y aura la branche antidouleur avec ses annexes et il y aura la branche prothèse qui luttera à armes égales avec la Stretcher. Je compte utiliser à fond les procédés de publicité les plus efficaces : par exemple, les concours d'élégance automobile, présentés, sur les plages, par des jeunes femmes infirmes. Pour prouver que les prothèses Carrington n'empêchent pas de conduire. Et puis aussi des présentations de collections pour prouver qu'une prothèse moderne n'interdit pas le chic, bien au contraire, surtout que vous pouvez avoir des prothèses dont les couleurs s'harmonisent avec des toilettes raffinées. Après tout, on a bien eu l'idée de lancer des montres adaptées aux occupations du jour. Alors pourquoi pas ?

Clarieux aime mieux se taire. À quoi bon discuter ? Il faut laisser les fantasmes s'épuiser d'eux-mêmes.

– Dites à vos chefs, continue Carrington, que je n'ai rien à cacher. Le Dr Melville a essayé de m'expliquer que la mort d'Antoine n'était pas naturelle. Allons donc ! Ce petit Patrick a l'esprit mal tourné. Il critique tout et je sais qu'il a sur Maud une mauvaise influence. Malheureusement pour lui, il arrive au bout de son contrat. Le coup de l'étrier, commissaire ?

– Non, non… Merci.

L'audience est terminée. Poignée de main chaleureuse, à l'américaine. « Mais ce pauvre Patrick n'a qu'à bien se tenir », pense le commissaire. Il s'en va la tête bourdonnante de réflexions contradictoires. Le Dr Melville vient à sa rencontre.

– Je vous attendais, dit-il. Qu'est-ce qu'il raconte, ce vieux sanglier ! Sous clef, chez lui, depuis plusieurs jours. Barricadé. Je commençais à m'inquiéter ! Allons chez moi, si vous avez une minute. Par chance, le quartier des morts en attente est tranquille, aujourd'hui. On me laisse souffler.

Clarieux le sent en humeur de bavardage et en profite.

– Où en êtes-vous avec Maud ?

– Qui peut le dire ! répond Patrick. Elle me fait la gueule, je ne sais pas pourquoi. J'ai voulu lui offrir un cèdre du Liban, une merveille, un tronc puissant, un feuillage superbe, l'image de la force éternelle ! et pas plus grand qu'un plant de carotte. Refus ! Sans explication. Le cèdre est resté sur son paillasson. Encore une chance que la petite saloperie de teckel de la vieille Anglaise n'ait pas pissé dessus.

– Mais pourquoi n'interdisez-vous pas les chiens ?

– Parce que la présence d'un hôte de compagnie les aide à plier bagage. Ils savent qu'un petit chien, par exemple, ça ne vit pas très longtemps. Ça les rassure. La mère Dieudonné-Balavoine, tenez ! Quatre-vingt-dix-huit ans et accrochée à la vie comme un morpion, quand je lui ai affirmé que son caniche, âgé de quatorze ou quinze ans, ne lui survivrait pas plus de quelques mois, ça lui a donné une espèce d'espoir horrible. Elle s'est vue déambulant dans l'éternité avec son toutou sous le bras et hop, elle a trépassé sans faire de manières.

Clarieux ne peut s'empêcher de sourire.

– Vous en faites, un métier! dit-il.

– Faut bien, dit Patrick. Avant, les gens croyaient au Purgatoire, ou à la réincarnation, enfin à un prolongement quelconque. Ça leur donnait envie d'y aller voir! Maintenant, rien. Je vous jure que ce n'est pas un petit boulot de les décider. Ils sont comme ces baigneurs frileux qui n'en finissent pas de tâter l'eau du bout de l'orteil et trouvent toujours qu'elle est trop froide.

– Taisez-vous, s'écrie Clarieux. Vous ne respectez rien.

Patrick s'arrête, au milieu du couloir, et hausse les épaules.

– Le respect, ça veut dire quoi? Mais vous me parliez de Maud. Croyez-moi, elle n'est pas à plaindre. Elle a sa religion, sa foi, sa mystique, son illumination : Elle ne veut pas bouter les Anglais hors de France, mais simplement la Carrington. Vous voulez parier que c'est elle qui envoie les lettres anonymes?

– Oh! docteur, comment pouvez-vous...

– Et même, poursuit Patrick à l'oreille du commissaire, à votre place je laisserais tomber les infirmières que vous avez placées en garde à vue, pour voir de plus près le cas de Maud. La mort d'Antoine va si bien dans le sens de sa croisade!

– Ma parole, s'indigne le commissaire, c'est une dénonciation!

– Pas du tout! Je l'aime bien, moi! Mais enfin, ma spécialité, c'est de suivre de près le parcours du combattant qu'est une névrose. Et là, vous êtes servi! Réfléchissez! Rapprochez les faits... Et venez m'en reparler. Bonne chance, commissaire.

Clarieux n'aime pas qu'on lui donne des conseils, mais il doit reconnaître que le Dr Melville n'a peut-être pas tort. Ses quatre coupables, comme il les appelle, lui opposent une défense sans faille. Il se retire dans la bibliothèque pour ruminer son problème sans être dérangé. La douleur constitue par elle-même un tel état de distraction qu'elle interdit toute autre forme de réflexion. La bibliothèque est le seul endroit d'un centre antidouleur où l'on a des chances d'être toujours seul. Remuant ces pensées, Clarieux s'installe et se dit : Voyons! J'ai maintenant toutes les données du problème. Le cadre? C'est le conflit des deux industries rivales. Or, Carrington, avec son projet d'implanter de nouveaux centres en Italie, va faire peser sur sa fille des contraintes nouvelles. Je suppose qu'elle se doute de quelque chose, c'est assez vraisemblable. Elle ne dispose donc pas de beaucoup de temps pour contrer Carrington et créer un scandale qui ruinerait la société. Elle en vient donc, par hypothèse, à envisager la mort d'Antoine. Pourquoi lui? Parce qu'il est le plus vulnérable et parce que les circonstances bizarres de sa disparition vont déclencher une enquête qui fera une grave contre-publicité. La preuve : je suis là et la presse se déchaîne. Bon. Jusque-là, tout se tient. Le mystère est créé : la mort d'Antoine est peut-être excusable... La preuve : les quatre infirmières s'abritent derrière une justification qui porte sur l'opinion : elles en ont eu assez de voir souffrir inutilement un pauvre homme. Valérie a déclenché le spasme mortel et les trois autres ont pris sans hésiter son parti. D'où un procès en vue : le centre Carrington avait-il le droit de pratiquer l'euthanasie? Voilà qui sert admirablement la haine de Maud. Ouais!... Clarieux marche autour de la pièce en faisant sonner son trousseau de clefs dans sa poche. Il regarde distraitement les titres : beaucoup de livres anglais, beaucoup de romans policiers, peut-être le véritable remède contre les petites douleurs tenaces, et aussi des ouvrages plus sérieux, et même un Bergson, survivant de quelque vente publique. Ouais! répète Clarieux, si le Dr Melville a raison, il faudrait prouver que Maud a eu quelque moyen de pression sur Valérie, la première infirmière de nuit, celle qui a causé – quels que soient ses motifs – la mort d'Antoine. Et là, c'est le vide. Valérie n'a pas été achetée. C'est démontré. Les autres non plus. Valérie ne fréquentait pas Maud. Elles se voyaient même assez rarement, compte tenu des horaires de l'infirmière. Il y aurait bien une hypothèse, mais complètement aberrante. A 22 heures, le Dr Argoux était là, puisqu'il a donné ses consignes à Valérie. En théorie, il aurait pu, avant de s'en aller, modifier brutalement le débit du goutte-à-goutte... un simple geste en passant... et le mystère commençait... A condition que le docteur ait au préalable circonvenu l'infirmière. Et pourquoi? Il avait besoin d'Antoine pour ses travaux. Absurde! Absurde sauf si... Nouvelle déambulation autour de la pièce. Sauf s'il s'était rendu compte que ses recherches n'aboutiraient jamais! L'analgésique absolu était peut-être aussi utopique que la pierre philosophale. Dès lors, pourquoi s'acharner? Pourquoi ne pas en finir sans reconnaître publiquement que l'on s'est trompé? Antoine disparaît. Argoux, affichant son découragement, prépare sa démission. Au fait, se dit Clarieux, peut-être l'a-t-il préparée? Mais il n'a pas pu la notifier à Carrington, qui avait condamné sa porte. Si, dans les heures qui viennent, il annonce sa décision à Carrington, alors j'aurai quelque raison de le soupçonner. Il se livre à une mimique de dégoût dont il a le secret. Car toutes ces élucubrations ne mènent nulle part. Ce n'est pas au moment où Carrington envisage de créer un centre nouveau en Italie que le docteur va abandonner son poste, surtout qu'il a toutes les chances d'être choisi pour créer la nouvelle entreprise! Mais, bon Dieu, s'irrite Clarieux, je n'ai pas le choix! Qui est l'agent de la Stretcher? Celui – ou celle – qui a provoqué la mort d'Antoine! Et les coupables... En pensée, il les aligne devant lui comme des condamnés qu'on va fusiller... il y a Valérie et ses trois collègues... il y a Argoux et Melville, il y a Maud et Carrington, et puis c'est tout. Les infirmières? Non. Elles ont été téléguidées, sans plus. Argoux? Non. Melville? Ah! peut-être Melville, surtout s'il se doute que son contrat ne sera pas renouvelé. Et puis c'est un garçon que les scrupules n'embarrassent pas. Mais il n'était pas là le soir où Antoine est mort. Et à ce compte, ni Carrington ni sa fille n'étaient présents. Reste que Carrington a pu promettre à Valérie un prochain et confortable avancement. Soit... seulement ce n'est pas Carrington qui va écrire contre lui-même des lettres anonymes. Alors! qui a intérêt à attaquer le centre? Présenté ainsi, il n'y a pas de réponse!

D'un pied rageur, il shoote dans le vide, se répète : J'en ai marre, marre, marre! Puis se ravise : Puisqu'ils sont tous dingues, prenons-les dans l'ordre de leur dinguerie. D'abord, Carrington, le type même du tyran philanthrope. Je suppose qu'il pousse sa fille à bout. Ne serait-elle pas prête à tout pour lui échapper? Donc, numéro un : Maud. Et pourquoi pas Carrington lui-même comme numéro deux. On peut supposer qu'il est prêt à se saborder pour tout recommencer ailleurs avec un personnel renouvelé. Alors, trois : pas d'hésitation, Argoux lui-même, aigri par son échec (mais je devrai faire la preuve qu'il a échoué dans ses ambitions). Numéro quatre : Patrick Melville, qui est un pur anar... Quant aux infirmières, elles ne comptent guère, ayant été manipulées. Clarieux perd le fil, le renoue, se laisse aller à rêvasser, essaie de se reprendre. Que diable, on doit le voir, le rapport qui unit tous ces personnages ! Des personnages tous négatifs. Carrington braqué contre Maud. Maud braquée contre Melville (la preuve : le cèdre abandonné sur le paillasson). Melville braqué contre son métier. Argoux braqué contre tout ce qui n'est pas son élixir. Et même les quatre filles qui sont braquées contre les moribonds qu'elles doivent suivre, de nuit en nuit, jusqu'au bout. Eh bien, pense Clarieux, ce n'est pas satisfaisant. Toutes ces haines ne font pas une passion. Et moi, trente ans de pratique et d'expérience me prouvent que c'est la passion qui nourrit le crime. Chacun d'entre eux est rabougri, replié sur lui-même, incapable de sortir de soi !

La mort d'Antoine n'est même pas un vrai crime ! Un ressort qu'on pousse, c'est plus un geste de dépit, un mouvement d'humeur, que la suite bien arrêtée d'un désir de détruire. J'attends l'assassinat joliment perpétré et réalisé.

Clarieux sursaute. Voilà qu'il pense et qu'il parle comme Patrick. Mais c'est vrai, aussi ! On patauge dans une vase de vengeances inassouvies. Clarieux en a assez d'être moche. Il s'aperçoit que le temps s'est couvert. Il allume le plafonnier et se demande à quoi il va passer sa soirée. Bayeux à huit heures du soir, brr !

– Ah ! pardon, monsieur le Commissaire. J'ai cru qu'on avait oublié d'éteindre.

C'est Marcel, toujours zélé, qui patrouille. Il n'est pas fâché de se trouver un interlocuteur.

– Un temps de cochon ! dit-il d'un air docte. Quand le vent vient du sud, c'est foutu.

– Si je comprends bien, dit Clarieux, vous ne prenez jamais de repos. On vous aperçoit partout, à toute heure.

Marcel prend un air modeste.

– Je n'ai jamais sommeil ! explique-t-il. C'est depuis la guerre. J'étais là en 44. Je ne suis pas près de l'oublier ! Dr Argoux a beau s'occuper de moi. Je ne dors presque pas.

– Et vous n'êtes pas fatigué ?

– Non.

– Et vous aimez ça... Ces rondes... Cette surveillance ?

– Oui, beaucoup. J'ai vu construire le centre. Je suis chez moi, ici, autant que M. Carrington. Vous savez, quand on a ses habitudes !...

– Je me suis laissé dire que vous faites volontiers la causette, la nuit, avec les petites infirmières !

– Oh ! monsieur le Commissaire, ce n'est pas vrai ! J'aime bien ces jeunesses mais ça ne va pas plus loin. D'abord, je n'ai pas le temps. Je dois composter dans tous les coins, et il y a des couloirs à n'en plus finir ! Et puis je dois aussi surveiller. Il y a des malades qui se lèvent. Des fois, ils n'ont plus leur tête. Sans parler de ceux qui éprouvent le besoin de marcher.

– Qui par exemple ?

– Mlle Maud, assez souvent. C'est une tourmentée, la pauvre fille. Mais ne le répétez pas !

– Bien sûr que non. Ça ne me regarde pas.

– Et puis il y a aussi des espèces de somnambules qu'il faut recoucher en douceur.

– Mais il y a bien une infirmière responsable, pour vous aider ?

– Pas toujours. On manque de personnel. Alors, c'est le brave Marcel qui est là, pour un coup. Le patron me paie bien ! Je n'ai pas à me plaindre. Voyez-vous, monsieur le Commissaire, ça, les gens ne le savent pas, mais dans un centre comme celui-ci, la vraie maladie, c'est le manque de sommeil. On a mal et on ne peut pas dormir, malgré les potions, les comprimés, et tout leur bazar. Il y a des nuits où je trouve des pensionnaires qui fument dans les toilettes, comme des gosses. Il faut se fâcher. Il y en a qui pleurent quand je confisque leurs cigarettes. Veilleur de nuit, c'est vite dit ! C'est sœur de charité qu'il faudrait dire. Allez ! Je plaisante. J'en remets un peu ! Vous sortez, monsieur le Commissaire ? Alors j'éteins. Ici, ils ont la manie de laisser tout allumé.

– C'est vous, je crois, qui avez préparé ma chambre ?

Marcel paraît consterné.

– Je leur ai fait remarquer qu'elle ne convenait pas à un homme comme vous. Mais il n'y avait rien d'autre que ce petit cagibi ! On est un peu juste en ce moment ! J'ai rangé vos affaires comme j'ai pu. Vous aurez le téléphone dans une heure, dès que le colonel Mareuil sera inhumé. Vous verrez, il dispose d'une grande chambre avec tout ce qu'il faut pour recevoir les gens.

– Si je comprends bien, s'égaie Clarieux, je succéderai au mort ?...

– Oh ! mais, proteste Marcel, j'aurai le temps, avant, d'aérer, et de faire le ménage à fond. Ne vous inquiétez pas. Pourtant, je vous conseille de prendre un somnifère avant de vous coucher, parce que votre voisin de droite est bruyant, quelquefois. C'est un ancien baryton du Capitole de Toulouse. Il a gardé une voix... Vous m'en direz des nouvelles... Il souffre de la maladie d'Alzheimer et il ne sait plus très bien ce qu'il fait. Mais l'habitude de la scène ! C'est une seconde nature. De temps en temps, il rêve qu'on l'acclame. Il revient saluer... oh ! toujours à la même heure, entre 23 heures et minuit.

– Eh bien, dit Clarieux, ça ne me gêne pas qu'il salue !

– Oui, mais il se croit obligé de bisser... En général, c'est un air de *Carmen*. Ou bien il pousse l'escarpolette, vous savez...

Clarieux l'interrompt sèchement.

– Oui, oui, je sais. Eh bien, s'il me réveille, j'irai me promener, moi aussi, dans les couloirs de cette étrange clinique.

Mi-grognon, mi-amusé, il regagne sa soupente, soulève le téléphone et constate qu'il n'est pas encore raccordé. Il attendra donc, change de place la table qui a tendance à boiter, vérifie les robinets du lavabo, caché par un rideau à fleurs, tâte le pullman qu'il faut déplacer pour ouvrir le placard, se cogne la tête dans la lampe à abat-jour de porcelaine. Jure pour la forme car il a plutôt envie de piquer un somme que de rouspéter, et finalement échoue dans le vaste fauteuil que Marcel a déniché Dieu sait où ! Vivement que le colonel Mareuil prenne congé !

Il est tellement fatigué par tout ce qu'il a vu et entendu qu'il renonce à descendre au réfectoire, le moment venu. Il se promet d'aller s'attabler dès demain, au *Coq hardi* dont son divisionnaire lui a donné l'adresse, et il sonne l'infirmière de service, après tout, il a le droit d'exiger qu'on s'occupe de lui. A peine s'il attend quelques minutes. On frappe à la porte et Clarieux ne peut s'empêcher de s'écrier : « Encore vous ! »

C'est Marcel, tout sourire, toute gentillesse.

– Il manque quelque chose ? dit-il.

– Non, tout est parfait ! dit Clarieux. Je voudrais seulement manger un morceau. Est-il possible d'avoir un sandwich ?

Marcel s'épanouit et s'empresse :

– Tout ce que vous voulez, monsieur le Commissaire. C'est un coup de chance ! Nous avons, au premier, Mme Gallardon du Mirail qui nous fait une crise de boulimie. Depuis qu'elle a perdu sa fille, elle mange tout le temps. N'importe quoi ! Le Dr Melville qui la soigne dit que c'est le stress. Moi, je vous répète ce que j'entends. Je n'y connais rien. Mais ce que je vois, c'est qu'elle bouffe comme un chancre. Il y a en permanence, dans sa chambre, un buffet froid tout prêt : du poulet, du pâté, des tartes. Le docteur pense que si elle a sous les yeux une nourriture abondante, cela va la calmer. En attendant, c'est le personnel qui mange les surplus. Alors, ne vous gênez pas ! Un blanc de poulet ? Une cochonnaille ? Moi, je vous conseille les rillettes ! Elle n'en veut pas parce que sa fille les aimait, et ça lui coupe un peu l'appétit. C'est pourquoi on force sur les rillettes : c'est le docteur qui le veut. Si ça ne marche pas, il faudra l'hypnotiser, enfin lui faire un micmac devant les yeux.

– Merci, mon bon Marcel ! soupire Clarieux. Alors, deux sandwiches à ce que vous voudrez, tenez.

Il lui glisse un billet de cent francs dans la main.

– Oh ! il ne fallait pas ! se défend Marcel. Merci.

Avec autorité, il décroche le téléphone, écoute.

– Ça y est. On a la tonalité. Ah! Si je n'avais pas l'œil à tout!

Dernier regard circulaire.

– Vous désirez une couverture supplémentaire, monsieur le Commissaire? Vous m'appelez à la réception. Ah! pour la boisson, j'oubliais!

– Une eau minérale.

– C'est noté. Tout va vous être apporté par Yolande. Mais, pour n'importe quoi, c'est à moi qu'il faut vous adresser. Ces filles sont toutes diplômées de quelque chose, mais c'est bête, vous pouvez pas imaginer. Bonsoir, monsieur le Commissaire.

Chapitre 10

La sonnerie tire Clarieux dc son sommeil. Il tâtonne en direction de son petit réveil de voyage. 3 h 20 ! Mais la sonnerie continue. C'est le téléphone. On n'a pas idée ! En pleine nuit ! La tête encore embrumée de sommeil, il décroche.

– Qui m'appelle ?

– C'est moi... Marcel !

– Vous vous foutez de moi !

– Venez vite, commissaire. Le Dr Argoux est mort.

– Quoi ?

– Ben oui, il est mort. On l'a assassiné...

– Où êtes-vous ?

– Dans son appartement. En faisant ma ronde, j'ai vu que sa porte était entrebâillée.

– Il y a longtemps ?

– Non. Maintenant !

– Ne touchez à rien. J'arrive !

Clarieux empoigne sa robe de chambre. Ça me pendait au nez ! pense-t-il. Mais quelle déveine ! Pourchassant la mule qui s'est logée sous le lit, il aperçoit d'un coup d'œil le panorama des ennuis qui déjà se déploie devant lui : Alerter la préfecture, le procureur, le légiste, l'identité, le commissariat pour qu'on condamne l'entrée du centre. Surtout pas de journalistes maintenant ! Et puis son divisionnaire. Et puis, quand même, Melville! Et puis peut-être en premier lieu, Carrington. Cela ressemble à une liste de faire-part. Et, tout en se hâtant dans ces couloirs où, d'après Marcel, se promènent, la nuit, quelques insomniaques (il faudra chercher de ce côté-là), il ajoute encore deux ou trois noms, dont celui de son inspecteur – le petit Carrère – qu'il va réclamer d'urgence. Marcel l'attend devant la porte de l'appartement. Clarieux remarque qu'il est habillé d'un survêtement orné bizarrement d'une inscription : *Harvard*. Sans doute un cadeau de Carrington. Il porte une torche puissante mais n'hésite pas à allumer toutes les lampes, en précédant Clarieux.

– Ça ne peut guère le gêner, maintenant! dit-il.

– On lui a tiré dessus? demande le commissaire.

– Non. Je crois qu'il a été assommé. Il est dans son bureau.

Clarieux aperçoit le corps, au pied du fauteuil, couché sur le ventre, une joue sur la moquette. Aussitôt, il se jette à genoux, cherche du bout des doigts la carotide.

– Il vit! s'écrie-t-il. Appelez Melville et Carrington. Oui, Carrington! Dépêchez-vous! Il ne vous mangera pas.

Avec beaucoup de précaution, il effleure la blessure, qui a taché la nuque d'un peu de sang. Y a-t-il fracture? Seul Melville peut se prononcer, mais Clarieux n'a pas très bonne impression. Il cherche, autour de lui, l'arme du crime, ne voit rien. Il se lève, examine la scène. Le docteur a dû être attaqué à l'improviste par quelqu'un qu'il connaissait, car il a tourné la tête vers son agresseur en pivotant sur lui-même, comme le prouve la position du fauteuil. Assommé, il est tombé d'un bloc. Aucun désordre. Les papiers, sur le bureau, n'ont pas été dérangés. Le plateau, portant une cafetière et une tasse, n'a pas été bousculé. Bien plus, les lunettes sont encore posées sur un dossier entrouvert. Pas d'indice ! Le meurtrier est entré sans doute en s'annonçant. Le docteur, sans méfiance, a retiré ses lunettes de travail pour regarder son visiteur ; lui a probablement tendu la main. L'autre a contourné le bureau et a frappé. Que tenait-il ? Une canne, une matraque ? Autre problème : y a-t-il eu vol ? Des pas rapides annoncent Melville. Lui aussi est en robe de chambre. Lui aussi s'agenouille, sans un mot, palpe, hoche la tête.

– Votre avis ? dit Clarieux.

– Seul le scanner nous renseignera. Il faut le transporter tout de suite chez le Pr Levraut. Il est mieux outillé que nous.

Il s'adresse à Marcel.

– Vite ! Qu'il nous envoie son équipe.

Il revient auprès du corps, branche son stéthoscope, écoute, ensuite prend la tension.

– Aïe, dit-il. Allez chercher l'infirmière de garde. Il faut lui soutenir le cœur. Et qu'on ne le change pas de place, en attendant les premiers secours.

Clarieux commence à faire un rapide examen. Les meubles, les tiroirs, le secrétaire, la bibliothèque... Mais il sait d'avance qu'il ne s'agit pas d'un vulgaire cambriolage. La porte du laboratoire est fermée à clef et ne montre aucune trace d'effraction. L'agresseur n'était certainement pas un drogué cherchant, coûte que coûte, un peu de poison. Clarieux appelle Marcel, qui a cessé de téléphoner et attend les ordres.

– A quelle heure êtes-vous passé ici pour la première fois?

– Tout de suite au début de ma tournée. Je commence toujours par le quartier des appartements privés. Il était donc autour de 22 h 30. J'ai composté au fond du couloir. On peut vérifier.

– La porte du Dr Argoux était fermée?

– Sûrement.

– Il ne vous avait pas dit qu'il attendait quelqu'un?

– Non.

– Est-ce vous qui lui avez apporté son café?

– Non. Ça, c'est sans doute Mlle Carrington. Elle venait lui faire une petite visite autour de 20 heures, de temps en temps.

– Et après?

– Après, elle retourne chez elle.

– Vous n'avez croisé personne, entre 20 h 30 et 3 h 20?

– Non. Ils étaient tranquilles, ce soir.

– Merci. Ne vous éloignez pas!

A côté, on s'active en silence car chacun a encore envie de dormir.

Un jeune docteur dirige l'évacuation du blessé, marche en tête de la civière et ne cesse de dire, en reculant devant les portes : « Ça passe! Ça passe! »

Arrive Carrington coléreux, les yeux injectés. Il s'empare du bras de Melville :

– Qu'est-ce que ça signifie? Et d'abord où l'emmène-t-on?

– Chez Levraut.

– Quoi? On n'a pas ce qu'il faut, ici?

– On ne dispose pas de la résonance magnétique et j'ai bien peur que notre ami ne souffre d'une fracture. Le coup qu'il a reçu a dû léser la moelle épinière. Je n'en sais rien, remarquez...

J'observe simplement qu'il est dans le coma et qu'on peut redouter, au moins, une quadriplégie sévère...

– C'est-à-dire?

– Eh bien, la perte plus ou moins prolongée de l'usage de ses membres. Il peut risquer à vie la petite voiture.

Carrington sort machinalement un cigare, le mâchouille, crache des brins de tabac et pointe enfin sur Melville un index impérieux.

– Ce coma, ça peut durer longtemps?

– Je l'ignore. Quand il s'agit de blessures pas trop graves de la moelle épinière, on assiste souvent à une récupération progressive des fonctions.

– Il entend?

Le ton est rude comme si Argoux était responsable de sa blessure.

– Non, dit Patrick. Mais dans quelques jours, peut-être. Seulement personne n'en saura rien parce que le malheureux sera hors d'état de communiquer. Dites-vous bien que, s'il ne meurt pas, il sera semblable à un enterré vivant.

– Donc, conclut Carrington, même s'il connaît son agresseur, il ne pourra jamais le nommer. Je voudrais bien savoir quel est le damné salaud qui... Commissaire, vous ne voyez pas...?

– C'est trop tôt, dit Clarieux. Tout ce qu'on sait, c'est que le voleur n'a pas eu le temps d'opérer. Peut-être venait-il pour cambrioler le laboratoire?

– Ça va, j'ai compris! lance Carrington, furieux. Oh! ce n'est certainement pas un drogué, mais quelqu'un qui voulait prendre un spécimen du nouveau produit inventé par Paul. J'ai des concurrents prêts à tout.

– Mais l'élixir du Dr Argoux est protégé par des brevets! objecte Patrick.

Carrington se retourne comme si on lui avait marché sur le pied.

– Et alors? On n'a pas l'intention de commercialiser ce produit à ma place, mais on veut m'empêcher de faire savoir qu'il existe. En ce moment, il y a quelqu'un qui veut ruiner l'autre sans risque. Il suffit de confisquer la poudre, ou la pommade capable d'effacer la douleur.

– C'est criminel! dit Clarieux.

Carrington hausse les épaules.

– Non. C'est le jeu.

Les hommes de l'Identité s'en vont. Il est presque 5 heures.

Le petit monde de l'enquête commence à s'organiser. Clarieux alerte le commissariat, la P.J., son divisionnaire qui va détacher l'officier de police Carrère. Le téléphone ne cesse plus de sonner.

– Du café pour tous, ordonne Clarieux à Marcel.

Il désigne un petit tas d'objets sur le bureau : portefeuille, mouchoir, lime à ongles, comprimés de lifédrine, trousseau de clefs. Il appelle le Dr Melville et lui montre les comprimés.

– Vous étiez au courant?

– Oui, comme tout le monde. Le docteur a fait un infarctus, il y a trois ans. Ça ne va pas faciliter les choses!

Pendant ce temps, Carrington examine le portefeuille.

– Excusez, dit Clarieux. C'est moi que ça regarde.

Une petite étincelle d'animosité crépite entre eux. Clarieux fouille, regarde rapidement divers papiers sans intérêt pour l'enquête, puis s'intéresse aux clefs. Il y en a cinq, sur le même anneau d'une fine chaînette d'or attachée à la ceinture du pantalon. Le voleur n'y a pas touché.

– Marcel?

– Oui, patron!

– Voyons, je ne me trompe pas? Vous m'avez appelé à 3 h 25. Donc, à supposer que l'individu ait pénétré chez le docteur mettons une heure après votre premier passage, il aurait disposé de cinq heures environ pour visiter les lieux. Ça ne tient pas debout.

– Non, patron!

– Tais-toi donc! Et cesse de m'appeler patron. Son trousseau, le docteur ne s'en séparait jamais?

– Jamais! Il aurait fallu le tuer.

– C'est ce qu'on a fait, justement. Mais personne ne lui a pris ses clefs. Viens voir! (Un ton plus bas :) A qui téléphone Carrington?

– Je ne sais pas. Il parle en américain. Les autres sont partis.

Clarieux essaie successivement les clefs et ouvre enfin le laboratoire.

– Marcel, vous êtes déjà venu ici?

– Deux ou trois fois, mais toujours avec le docteur.

– Regardez bien. Est-ce qu'on a touché à quelque chose?

Marcel fait le tour de la pièce.

– ... pas l'impression! dit-il.

– Moi non plus. Le coffre, à première vue, n'a pas été touché. Mais, j'y pense, le docteur possédait un coffre, dans une banque.

– Oui. Au Crédit Lyonnais.

– Très malin, observe Clarieux. Toute sa documentation dans une banque et ici les spécimens les plus évolués de son élixir. Alors, voici le problème. Ecoute-moi bien.

Clarieux ne s'aperçoit pas qu'il tutoie tout le monde quand il réfléchit. Marcel est tout fier.

– Un, dit Clarieux. On tue Argoux. Deux, on ne vole rien. Trois, on colle les scellés partout jusqu'à la lecture du testament. Quatre, qui hérite ? Tu écartes les bras. Tu n'en sais rien. Moi non plus. Réponse vraisemblable : la fondation. Mais qui possède la fondation ? Tu dis « Carrington » et moi je te fais remarquer que tu oublies Mlle Maud. Eh bien, ça y est. Tu as posé le problème. Si le malheureux meurt, que va devenir sa découverte ? Elle représente un énorme capital. Et Carrington sera sans doute obligé d'en passer par les exigences de sa fille. Et attends, ce n'est pas fini ! Maud sera peut-être en mesure de s'entendre avec la Stretcher et il faudra bien que son père plie le genou, lui qui en a un !

Clarieux fait craquer ses doigts, se malaxe les joues, tourne sur lui-même..., répète :

– Le voilà bien, le vrai drame ! Argoux est mourant et pourtant il tient tout le monde comme ça...

Il tend son poing fermé.

– Qui ? hein ? Qui, s'il reprend connaissance, va-t-il dénoncer ? Et s'il disparaît, qui le vengera ? On n'est pas sorti de l'auberge.

– Je peux poser une question ? demande Marcel.

– Oui, mais dépêche-toi.

– Il me semble... excusez, je n'y connais rien ! Mais il me semble que Mlle Maud a plus de droits que n'importe qui, parce qu'elle était l'amie du docteur.

– Erreur ! s'écrie Clarieux. Une invention appartient d'abord à l'usine, ou au laboratoire, qui a permis de la réaliser. C'est très compliqué et je ne suis pas juriste. Mais je vois déjà s'ouvrir un fameux procès. Carrington contre Carrington! Allez, file. Je les entends.

Ce sont le procureur et son substitut, Melville revenu au galop, Carrington lui-même qui semble de plus en plus hors de lui, à cause de ces formalités qui se prolongent en parlotes. Le magistrat tient à fourrer son nez partout. Il se fait présenter le contenu du coffre, les tubes de poudre, les fioles d'élixir, les crèmes et les onguents. Il lit les étiquettes, examine la pommade miracle, celle qui doit calmer les douleurs, toutes les douleurs. Il la sent, la touche, interroge Carrington.

– Ce n'est pas un peu surfait? dit-il. Toutes les douleurs! Vous êtes sûr?

– Nos expériences sont concluantes! dit Carrington, sèchement.

Le procureur se tourne vers Clarieux.

– Ces bocaux devront rester sous surveillance.

Il attire Carrington et Clarieux à l'écart, prend un air de conspirateur.

– Nous savons de source sûre, murmure-t-il, que votre société et une société rivale sont en conflit pour dominer le marché des produits antidouleurs. Pensez-vous que l'agression dont vient d'être victime le Dr Argoux soit un épisode de cette bataille économique?

– Je le pense! dit Carrington. On veut nous chasser du marché!

– Je le crois, dit le magistrat. Si maintenant on tue pour posséder le marché contre la douleur, où allons-nous!

La conférence s'achève. Bientôt, le Dr Melville rejoint le groupe.

– Alors ?

– C'est très grave. Les examens sont en cours mais il apparaît déjà que la moelle épinière a été sérieusement lésée. La blessure n'est pas mortelle mais le blessé est dans le coma pour une durée indéterminée.

– Nous pourrons le ramener ici ? questionne Carrington.

– Pourquoi ? fait le procureur. Il n'est pas bien chez le Dr Levraut ?

– Il ne s'agit pas de ça ! dit Carrington. Ici, nous pouvons le surveiller !

– Mais là-bas aussi ! insiste le procureur.

– Ecoutez ! éclate Carrington. Il serait temps de comprendre qu'on veut sa peau. L'assassin a frappé pour tuer. Il récidivera. Ici, on saura monter la garde. Là-bas, je n'en jurerais pas.

– Bon ! d'accord ! concède le magistrat de mauvais gré.

Le Dr Melville intervient, conciliant.

– Je me charge de tout.

– Montrez-moi où vous comptez l'installer ! reprend le procureur avec autorité.

– Mais ici même ! s'étonne Patrick. Il est chez lui, ici. C'est important qu'il puisse tout de suite reconnaître sa chambre, quand il reprendra connaissance, s'il revient à lui. Nous monterons un lit de camp, pour l'infirmière de nuit.

– Sera-ce suffisant ? Vous avez déjà perdu un de vos malades, dans des circonstances troublantes.

Clarieux sent que l'atmosphère se charge d'électricité. Il intervient aussitôt.

– Je serai là. Tout se fera sous ma responsabilité.

– Soit ! Vous me rendrez compte, chaque jour.

Il se radoucit, les regarde d'un air grave.

– Je crains, ajoute-t-il, que cette affaire n'ait un retentissement national. Pensez-y!

Clarieux reste un peu en arrière, avec Melville.

– De vous à moi, chuchote-t-il, croyez-vous qu'il va s'en tirer?

– Il y a des chances, mais il risque non seulement de rester paralysé mais encore de ne pouvoir parler!

– Vous voulez dire qu'il pourrait entendre mais pas répondre?

– Vous êtes impossibles, vous, les flics! ironise Patrick. Il n'y a qu'une chose qui compte, pour vous, hein! Qu'on parle! Qu'on vide son sac en même temps que ses tripes.

– Il connaît son agresseur!

– Ça vous embête!

– Mais, bon Dieu, réfléchissez! Son agresseur, c'est l'un d'entre nous. Enfin, je m'entends. Il est là, on le rencontre, vous comprenez ça, oui!

Le docteur émet un petit rire de moquerie légère qui lui est familier.

– C'est peut-être moi, dit-il.

– Eh! allez vous faire foutre, à la fin! grogne Clarieux. Votre ami est mourant et ça ne vous empêche pas de rigoler.

– Ne vous fâchez pas! plaide Patrick. Ce que vous pouvez être fleur bleue, dans la police! Et pourtant vous en voyez de raides, tous les jours. Apprenez qu'un chirurgien est un homme masqué, ganté, botté. C'est l'astronaute de la douleur. Il est au-delà...

Il tape gentiment sur l'épaule de Clarieux.

– On va le tirer de là, votre témoin. Promis! Et sans rancune!

Puisque le système rapport écrit plus enregistrement verbal de mes commentaires vous paraît un procédé efficace, voici donc une nouvelle cassette à laquelle je confie quelques réflexions purement confidentielles. Vous m'avez envoyé le petit Carrère qui m'est, comme toujours, d'un grand secours. Mais il me faudrait quelques collaborateurs supplémentaires pour mener à bien toutes les recherches que je crois nécessaires. Et d'abord c'est, de proche en proche, tous ceux qui se trouvaient au centre la nuit du meurtre, qu'il conviendrait d'interroger. Il m'est pratiquement impossible de situer chacun. A force de recoupements, j'arrive tant bien que mal à localiser les personnes, mais, dans un établissement comme celui-ci, qui ressemble plus, par certains côtés, à un palace quatre étoiles qu'à une clinique, il n'est pas permis d'interroger bien des malades qui sont d'abord des clients qui se rebiffent tout de suite, qui refusent d'admettre qu'on ne leur demande pas de comptes mais de simples éclaircissements sur la façon dont ils ont passé la nuit. « Je me plaindrai à vos chefs », etc. Je note, au passage, qu'à l'exception des malades endormis d'autorité, grâce aux analgésiques du Dr Argoux, certains, dont l'état n'inspire aucune inquiétude, s'arrangent avec les surveillantes pour jouir d'une grande liberté nocturne; bref, je n'insiste pas, mais je ne peux m'empêcher de remarquer que, matée la douleur, on court vite au plaisir. Ce qui m'amène à vous dire deux mots de Marcel Tourneur, le veilleur de nuit. Nous savons, par l'inspecteur Carrère, qu'il a cinquante-deux ans, qu'il a été amputé de la main gauche parce que, tout gosse, il s'est amusé avec une grenade trouvée dans une cave. C'est même à cause de son infirmité qu'il a été choisi par Carrington pour être veilleur de nuit, c'est-à-dire, en réalité, homme à tout faire, car il sait tout faire. C'est un bricoleur-né, malgré sa blessure. Il est célibataire et il joue tout à fait le rôle, ici, d'un concierge, d'un chasseur, d'un veilleur, d'un factotum de grand hôtel. Il est l'ami de tout le monde, connaît toutes les intrigues et serait ravi de devenir notre indicateur. Vous me direz ce que vous en pensez. Pour le moment, il ne m'a rien appris de sensationnel, sinon que trois ou quatre pensionnaires, dont je vous indiquerai le nom de vive voix, se droguent très discrètement, par l'intermédiaire d'une jeune femme qui tient une boutique de livres d'occasion. Carrère suit cette piste.

Bien entendu, l'affaire Argoux fait beaucoup de bruit. Le public croit que le pauvre docteur a été frappé par un cambrioleur en quête de drogue (conformément à la consigne.) Et, en vérité, il n'est pas facile de déboucher sur d'autres hypothèses, bien qu'à mon avis il s'agisse plutôt d'un raid organisé par la société Stretcher pour mettre la main sur le dossier de la molécule bêta. Mais, me direz-vous, le Dr Argoux connaissait son agresseur. C'est vrai, car celui-ci n'est pas entré dans l'appartement par la force, mais tout bonnement en frappant à la porte. « Entrez. » Il est entré en familier, etc. Eh bien, cela prouve que l'agent de la Stretcher vit dans l'entourage du docteur. Mais l'entourage, cela fait beaucoup de monde. Si Maud ou Carrington ou Melville appartiennent à l'entourage, n'importe quel employé du service de nuit en fait également partie. Alors, je cherche, j'épluche, je décortique. Et, bien entendu, j'organise autour du blessé une surveillance que je crois sans défaut. On l'a ramené chez lui, toujours inconscient. Il est si faible qu'on le tient sous perfusion et il est gardé en permanence par Mme Guilvinec, dont la fidélité et la compétence sont au-dessus de toute critique. Il est impossible d'approcher du lit sans montrer patte blanche. Deux fois par jour, le Pr Levraut, spécialiste des traumatismes crâniens, vient l'examiner, et un bulletin de santé est communiqué, à 17 heures, à la presse. Il est conçu de telle sorte que le pronostic du Pr Levraut laisse percer un espoir. Il faut que le criminel vive maintenant dans la crainte continuelle d'un réveil de conscience du blessé, ce qui signifierait qu'il serait immédiatement identifié. Je me rends bien compte que ce qui est en train de commencer, c'est un terrible suspense, pour parler comme les journalistes. Si, un jour plus ou moins proche, le Dr Argoux se réveille, l'assassin est perdu. Mais s'il ne se réveille pas, le criminel pourra toujours s'imaginer que nous savons malgré tout quelque chose et, à la longue, l'impatience, l'angoisse, la nécessité d'en finir, le pousseront à quelque tentative désespérée et c'est là que je l'attends. Car, à côté de l'aspect psychologique du drame, il y a aussi un aspect à ne pas négliger. Si le Dr Argoux en réchappe, il sera obligé, vu son âge, de passer la main et c'est Carrington qui exploitera les brevets. Or, la molécule bêta va révolutionner l'industrie pharmaceutique au profit de la société Carrington, et la Stretcher aura perdu la partie. Mais si le Dr Argoux disparaît, qui héritera de sa découverte? Je ne cesse de me poser la question! Evidemment, la société Carrington aura à faire valoir ses droits. Mais qui sait si Argoux n'aura pas désigné quelqu'un d'autre comme héritier partiel. Je n'ai pas le temps de consulter un notaire mais vous voyez comment le drame peut rebondir. Supposez que Melville soit désigné. Tel que je le connais, il n'hésitera pas à laisser tomber Carrington pour passer, avec armes et bagages, dans le camp opposé. Et pouvez-vous penser que Carrington se laissera faire ? Mais supposez que sa fille obtienne sa part d'héritage dans la succession Argoux, elle n'hésitera pas à ruiner Carrington au nom de je ne sais quelle pureté morale.

C'est cet aspect du problème sur lequel je voulais attirer votre attention. A mon avis, nous ne sommes qu'au début d'une tragédie qui pourrait bien nous emporter l'un et l'autre. Qui nous procurera l'élixir de tranquillité capable d'apaiser nos craintes ? Comme si la crainte n'était pas la forme urticante de la douleur.

Chapitre 11

– Docteur, m'entendez-vous?

Clarieux étudie de tout près le visage amaigri du blessé, écoute sa respiration si faible qu'on ne sait plus s'il vit encore ou s'il ne vient pas, à l'instant même, d'expirer. Les yeux sont clos, enfoncés, comme si une force maléfique les attirait à l'intérieur de la tête, et un cerne violet leur fait un maquillage sinistre. C'est un presque cadavre qui gît là, couleur de cire et rongé par une barbe qui l'a envahi comme une mauvaise herbe. Les tuyaux qui s'enfoncent dans son nez achèvent de le défigurer.

– Docteur... est-ce que vous m'entendez?

Clarieux appuie presque sa bouche sur l'oreille d'Argoux, dans une aigre odeur de sueur et de médicament. En même temps, il tient serrées les mains qui s'abandonnent, pour essayer de leur communiquer un encouragement, une espèce de message d'amitié, de confiance et d'espoir.

– Docteur, c'est moi, Clarieux. Vous vous rappelez? Clarieux...

Derrière lui, l'infirmière de garde – aujourd'hui, c'est Clémence – murmure :

– Il ne vous entend pas, commissaire.

Mais Clarieux a vu tant de malheureux, renversés dans la rue, ou assommés par une explosion, ou abattus d'une balle dans la tête, qui refaisaient surface alors qu'on les croyait perdus et qui, une fois repêchés au seuil de la mort, déclaraient qu'ils avaient parfaitement entendu les chirurgiens, dans la salle d'opération, dire : « Il est foutu. Est-ce que ça vaut la peine?... » Une fois, il avait interrogé un grand patron qui avait répondu : « On ne sait jamais. Il y a des pauvres bougres incapables de bouger qui sentent autour d'eux les employés des pompes funèbres, qui ont encore la force de penser qu'ils vont être enterrés vivants et qui le seraient si, soudain, ils ne trouvaient pas le moyen de donner signe de vie. Alors, il faut tout faire pour vaincre la barrière du coma. Souvent, il y a, derrière, quelqu'un qui s'acharne et qui est plus abandonné qu'un mineur prisonnier d'un coup de grisou. » Cette image avait frappé Clarieux au vif. Et maintenant il luttait de toutes ses forces pour percer le mur du silence jusqu'au malheureux qui, peut-être, guettait l'approche d'un sauveteur. Le Pr Levraut avait plutôt confiance. Il avait pris la peine de dessiner, sur une ordonnance, à l'intention du commissaire, un schéma sommaire du crâne. Clarieux n'avait pas osé lui dire qu'il n'entendait rien à ses explications. Il voyait bien le bulbe, la moelle, le cervelet, mais le professeur, pressé, indiquait d'un crayon rapide les filets nerveux écrasés, les nommait au passage, et Clarieux opinait avec déférence, mais n'avait retenu, finalement, qu'une conclusion évasive : le cas n'était pas désespéré. Il y aurait des séquelles... Clarieux s'était permis de l'interrompre.

– Est-ce qu'on peut lui parler?

Le professeur, impatienté, lui avait dit :

– C'est ça, parlez-lui. Ça ne peut pas lui faire du mal! Et faites confiance au Dr Melville.

Depuis, Melville avait pris la situation en main, tout en mettant un point d'honneur à paraître sceptique.

– Le vieux Levraut, oui, il se défend encore, mais, comme il n'a pas le temps de se recycler, c'est tout juste s'il n'en est pas encore à Charcot.

Il avait fait installer des paravents autour du lit, interdit toute conversation alentour.

– S'il reprend conscience, c'est d'abord lui qu'il écoutera. Il se persuadera, en un premier temps, qu'il existe. Ce n'est qu'après que nous commencerons à lui fournir les renseignements grâce auxquels il reconstruira sa mémoire.

– Mais comment saurez-vous qu'il revient à lui, puis à nous ?

– En lui demandant de battre des paupières pour dire « oui » et de les garder fermées pour dire « non ». Il n'y a pas d'autre moyen qui permette de rétablir un contact et encore il n'est pas sûr qu'il puisse avoir le contrôle de ses paupières. Et il est encore moins sûr qu'il veuille nous répondre. Il y a des malades qui se plaisent dans l'absence.

Depuis huit jours, Clarieux, une fois le matin, une fois le soir, vient ainsi tout près du blessé.

– Docteur... m'entendez-vous ?

Et les yeux ne bougent pas. Carrington est venu.

– Réveille-toi, mon vieux ! Ce n'est pas pire que le débarquement !

Rien.

Maud aussi a tenté sa chance.

– C'est moi, Maud. Vous savez bien, Maud !

Rien.

– Laissez ! dit Clémence, la robuste Normande qui soigne Argoux, le lave, le poudre de talc.

– J'en ai élevé sept, dit-elle en plaisantant. Le pauvre homme, ce n'est qu'un grand bébé de plus. Vous verrez, c'est avec moi qu'il parlera.

Clarieux a obtenu la chambre voisine, il a laissé avec soulagement le ténor toulousain et s'est installé à côté du blessé, les deux chambres communiquant entre elles. Ainsi, il peut surveiller les allées et venues, les visites, les infirmières, tandis qu'il reçoit son inspecteur et écoute son rapport. Il prête aussi l'oreille aux bavardages de Marcel. C'est surtout par lui qu'il prend la mesure du scandale, car l'affaire Argoux alimente toutes sortes de commentaires et le problème de l'euthanasie fait toujours la une des journaux. Les lettres anonymes n'ont pas cessé. « Laissera-t-on mourir le Dr Argoux comme on a laissé mourir Antoine ? » « La pitié, nouvelle trouvaille des assassins ! » « Le complot des quatre infirmières sera-t-il jugé ? »

Le divisionnaire presse Clarieux. « Il faut des résultats, mon vieux. Je ne pourrai pas te protéger tout le temps ! » Et Clarieux, les poings aux tempes, prend le problème par un bout, par un autre... Ou bien retourne fouiller l'appartement du blessé. Si seulement on pouvait avoir communication de son testament ! Mais le notaire s'y oppose. Le Dr Argoux n'est pas mort. Il peut reprendre connaissance et modifier son testament, surtout qu'il connaît son agresseur, ce qui peut l'amener à prendre d'autres dispositions. Et puis pourquoi le testament indiquerait-il le coupable ? Celui-ci aurait-il été assez bête pour aller de lui-même au-devant des pires soupçons ? Et, enfin, qui le malheureux docteur a-t-il choisi comme héritier possible ? Logiquement, un de ceux qui peuvent être considérés comme formant sa famille : William Carrington, ou bien le Dr Melville, ou encore Maud. Pas la peine d'aller chercher plus loin, Argoux n'ayant que des cousins, de vagues négociants bien incapables de tirer parti de la fameuse molécule bêta ! Et qui pourrait suspecter trois personnes unies au blessé par tant de liens ! Mais alors, où trouver une piste ?

Clarieux serait assez enclin à voir dans cette tentative criminelle une vengeance. Argoux aurait donc causé du tort à quelqu'un ? Lui dont la vie se lisait comme un livre ?

Bousculant la vraisemblance, le commissaire essaie cependant d'explorer plus à fond cette hypothèse. Carrington d'abord ! Il se prenait assez souvent de querelle avec son ami au sujet de Maud. Il était sûr de pouvoir inventer le parfait membre artificiel, celui qui ferait de sa fille un être normal, et, en attendant, il torturait la malheureuse. Argoux s'était-il brusquement révolté ? Dans ce cas, il suffisait d'examiner à la loupe l'emploi du temps des deux hommes, le jour du meurtre. Et Clarieux ne s'en était pas fait faute. Cet emploi du temps, il le sait par cœur. C'est d'autant plus facile que le docteur a été vu par beaucoup de monde, ses malades, son personnel, quelques visiteurs. Entre son lever et le moment où il s'est retiré dans son appartement, il n'a jamais été seul. C'est établi, confirmé, prouvé ! Et Carrington, au contraire, n'est pas sorti de chez lui, taraudé par la goutte. Ce n'est pas en pleine nuit qu'il serait venu en boitillant assommer à froid son vieux compagnon. Il faut rayer Carrington. Et Maud aussi car elle n'aurait pas eu la force d'assener un tel coup. Et d'ailleurs, pourquoi, puisque tout le monde savait qu'elle aimait bien Argoux et en outre se trouvait plutôt bien de ses soins. Reste Melville ! Celui-là, Clarieux ne lui fait pas confiance. Pourquoi n'aurait-il pas eu l'idée de supprimer Argoux pour prendre sa place, diriger le centre et en tirer de gros bénéfices ? Ce ne sont pas les scrupules qui l'étouffent ! L'inspecteur, conseillé par le commissaire, a eu communication de sa déclaration d'impôts. A première vue, Melville, s'il gagne largement sa vie, ne possède quand même pas des revenus impressionnants. Il est encore un peu jeune. Côté sentiments, il n'entretient aucune liaison. Il couchaille, c'est vrai, avec des infirmières, mais sans faire de folies, et plutôt pour soutenir sa réputation de play-boy que par entraînement véritable. Et ne pas oublier qu'il aime son métier, y excelle et n'irait pas compromettre sa réputation pour une passion imprudente. D'ailleurs c'est le mot qui définit le mieux Patrick : il est prudent, jusqu'à la méfiance, derrière sa gouaille ! Clarieux se mord les lèvres, puis, espérant contre tout espoir, il revient se pencher sur le blessé, dont la monstrueuse immobilité est la pire énigme. Dire que la solution est là, dans quelques cellules grises toutes froissées par le choc, comme une formule de télégramme qu'on jette dans la corbeille à papier ! Un nom ! Rien qu'un nom. Clarieux voudrait déplisser cette partie bouchonnée de la cervelle, lui rendre sa netteté de parchemin, puisque les livres prétendent que le cerveau garde toutes les empreintes et, par conséquent, le nom est là, et peut-être faut-il vouloir et encore vouloir et se concentrer et répéter tout bas « le nom, docteur... il me faut le nom – dans votre intérêt... ». Et quelquefois une sorte de tic rapide crispe le coin de l'œil, et alors Clarieux se penche encore plus près et a envie de crier : « Allez... allez... Pousse... »

– Mon pauvre monsieur, lui dit Clémence, vous vous rendez malade et pourquoi... puisque ça ira de mieux en mieux. Croyez-moi. J'ai l'habitude...

Mais Clarieux est un obstiné. Il use d'une autre méthode et au lieu de dire « C'est moi, votre ami, Clarieux... », il a l'idée de murmurer : « Maud... Maud... » ou bien « William... William... » Ce sont des noms familiers qui doivent pénétrer loin dans la tête, éveiller des échos... Ça ne veut rien dire, « des échos », mais Clarieux se comprend et sent en lui qu'un nom aimé exerce toujours sa poussée.

Les heures passent. Les jours... Clarieux se morfond. Les visiteurs se succèdent et personne n'a plus le courage de parler, tellement tout commentaire est inutile. On écarte les bras. On pousse un soupir navré! On s'en va. Et pourtant c'est Clémence qui avait raison. Un matin, elle vient frapper à la porte du commissaire.

– Venez! souffle-t-elle. Il a bougé.

Et déjà Clarieux est au chevet d'Argoux. Non, il n'a pas vraiment bougé mais ses yeux sont ouverts. Ils regardent le plafond. La tête va-t-elle remuer? Elle paraît plus pesante, depuis que les yeux, fixement, semblent observer le plafond. Clarieux promène sa main au-dessus d'eux. Ils n'en suivent pas le mouvement. Ce sont deux petites flammes qui brillent sur place, deux feux follets qui s'appliquent à durer, mais, tout de suite épuisés, ils s'éteignent lentement sous les paupières qui retombent. Clarieux s'affole.

– Docteur... Docteur... restez!

Les paupières s'entrouvrent.

– Vous voyez bien qu'il entend! dit Clémence. Laissez-le tranquille. Il doit faire son petit ménage tout seul.

Cette fois, l'espoir renaît. Il va parler... On va savoir. Non. Le Pr Levraut, après un long examen, décrète que la paralysie demeure totale mais que le coma va se dissiper peu à peu. Il prend Mme Guilvinec à part... Clarieux entend qu'il faut commencer à alimenter davantage le blessé... Toujours au goutte-à-goutte, oui, parce qu'il n'est pas question qu'il mange... Piqûres, oui... somnifère, oui... Pas d'agitation autour de lui. On peut lui parler, oui. Est-ce qu'il souffre? Non. Est-ce qu'il comprend? C'est lui qui le dira, quand il pourra parler à nouveau. Et à l'intention du commissaire :

– Pas d'interrogatoire.

– Pourtant, insiste Clarieux, je dois poursuivre mon enquête!

– Alors, quelques minutes coupées de repos.

Et voilà Clarieux soudain bien embarrassé. Il ne sait plus par où commencer. Trop de questions le sollicitent à la fois. Peut-être conviendrait-il d'abord de s'assurer qu'un échange est possible.

– Si vous m'entendez bien, fermez les yeux... Oui, comme ça. Merci. Il y a longtemps que vous êtes réveillé? Attendez. Vous ne savez pas ce que veut dire longtemps... Vous m'entendiez quand je vous appelais?

– Non.

– Alors, c'est que vous venez juste de reprendre connaissance. Vous savez qui vous êtes?

– Non.

Les paupières restent closes. Il se cherche. Clarieux vient à son secours.

– Argoux, ça vous dit quelque chose?

Longue hésitation puis le regard s'anime, acquiesce.

– Quelqu'un vous a fait du mal, dit Clarieux, lentement, en articulant bien.

Il attend que la nouvelle soit perçue, qu'elle

fasse son bruit intelligible dans le non-sens où se débat la pauvre pensée meurtrie.

– C'est pourquoi vous souffrez, continue Clarieux.

Il y a une tristesse dans les yeux, comme une petite fumée de larmes.

– Mais avez-vous mal? insiste Clarieux.

– Oui.

Et il se produit quelque chose qui bouleverse le commissaire. Le blessé a fermé les yeux et ses paupières se mouillent. Le visage du cadavre se met à pleurer, une goutte, une seule, qui se gonfle, tremble, cherche sa pente. Impulsivement, Clarieux a pris les mains du docteur.

– Non, dit-il. On va vous soigner avec votre élixir. Vous ne pouvez pas avoir mal.

Et pourtant les yeux, maintenant, perdent leur eau comme des blessures qui saignent. Ce visage, immobile comme un marbre, n'exprime rien. Comment aller au secours du prisonnier qui doit, en ce moment, derrière cette face aveugle, appeler au secours? Et Clarieux, dans un élan de compassion, trouve le mot.

– Vous avez du chagrin, dit-il.

Mme Guilvinec a observé la scène.

– C'est assez, fait-elle. Le professeur ne serait pas content.

Clarieux a envie de les envoyer tous promener. Personne ne comprendra donc que par hasard il vient de trouver le mot qui déverrouille. Chagrin! Certes, Argoux n'a pas bronché. Mais, de cette tête écrasée, le mot « chagrin » a fait sortir d'autres larmes. Et, si le malheureux a du chagrin, c'est qu'il reprend vie et conscience. L'interrogatoire peut donc continuer. Dans une heure, soit! Disons dans un moment, car le temps presse.

Clarieux sort, va respirer l'air du matin, croise Melville qui lui adresse un petit salut ironique. Clarieux pourrait l'arrêter, lui dire qu'il progresse ! Non. Il est trop plein de sa découverte. « Chagrin », cela signifie bien autre chose que la douleur. Cela signifie un mal non plus du corps, mais de l'âme. Clarieux se rend compte qu'il patauge dans un vocabulaire de magazine. Mais il n'a pas peur de dire que l'âme, bien qu'on ne sache pas la définir, c'est justement cette part de l'être humain que les baumes, les élixirs, les pommades savantes, ne peuvent guérir. Un centre antidouleur ? D'accord. Mais un centre antichagrin, où l'on soignerait les blessures du cœur, ou de l'âme, comme on voudra... Bref, un centre où la chimie s'effacerait devant l'amour !

Clarieux cueille un œillet et le mordille, l'esprit de plus en plus en émoi. Où son enquête le conduit-elle ? N'est-il pas en train de dérailler complètement ? Voyons ! Qu'est-ce qu'il a dit : « Vous ne pouvez pas avoir mal », et aussitôt, comme une protestation, le cri a surgi. Les larmes parlaient : « Oh ! si, j'ai mal ! » Et quand un homme de soixante-cinq ans, habitué à toutes les formes de la douleur, s'écrie « J'ai mal », c'est qu'il s'agit cette fois de sentiments. Immobile au milieu de l'allée, Clarieux réfléchit, regarde couler, dans sa mémoire, les larmes de la vérité. Aucun doute ! Argoux revient à la vie, découvre qu'il n'est plus personne, que l'approche de l'être qu'il aime lui est interdite, que commence l'enfer de la séparation. Mais alors ? Tout le reste, les petites intrigues de cour, les haines, les rivalités, les manœuvres des concurrents et jusqu'aux ambitions légitimes, est-ce que tout cela compte ? Est-ce qu'on pleure un Nobel perdu quand on sait qu'on a été assassiné par l'être auquel on tient par-dessus tout ! A quoi bon, désormais, poser des questions qui seront hors du sujet. Quand même, il faut essayer. Si je demande, pense Clarieux, qui vous a frappé... Là, il s'arrête net. Argoux ne répondra rien, puisqu'il ne peut pas parler ! Eh bien, poursuit Clarieux, j'énumérerai les noms des suspects, les uns après les autres ! Objection : et si Argoux veut protéger son agresseur, qui l'empêchera de dire : non. Car, tout impuissant qu'il est, il peut encore mentir, oui, mentir en gardant le silence ! Et, dès lors, cet interrogatoire risque de dégénérer en duel, d'un côté l'homme fort et armé jusqu'aux dents, de l'autre le vaincu, le rampant aux mains nues, mais peut-être inaccessible derrière le bouclier de son amour.

Clarieux jure un bon coup, furieux de se sentir coincé dans une situation d'échec, ce qui ne lui est presque jamais arrivé. Mais quel amour, bon Dieu ! Une des beautés du quartier des mourants ? Sûrement pas. Melville, oui. Argoux, non. Clarieux a beau porter son regard sur tout le personnel du centre, inutile de chercher de ce côté-là. Où se cache-t-elle donc, la bête à chagrin ? Il y a bien Maud ! Elle est en révolte permanente, bien sûr ! Mais dans ce petit monde clos qu'est le centre, il est impossible de mener une intrigue amoureuse sans être épié, sans faire l'objet de commentaires acides. Et si Argoux et Maud... non... un homme de soixante-cinq ans, une sorte de vieux savant qui n'a de pensées que pour ses expériences, et cette femme-enfant, butée dans ses refus, laide ou plutôt voulant l'être, par défi... Allons, hypothèse à rayer ! Reste Carrington, l'ancien G.I. Le camarade de combat du docteur ! A sa manière, c'est peut-être un vieux fou, jaloux de tout mâle venant tourner autour de sa fille, mais de là à tuer ! Et pourquoi ?

Clarieux s'en veut de tomber dans le gluant micmac de ces suppositions imbéciles. Il a bonne mine avec son chagrin d'amour. Assez de sucreries sentimentales. S'en tenir à la méthode du oui et du non. Il y a des questions qui tranchent dans le vif et l'on n'y revient plus. Par exemple, se dit Clarieux, si je demande au docteur : Votre assassin est-il de vos familiers ? Il n'y a pas d'échappatoire ! C'est oui ou c'est non ! Si c'est oui, je tiens déjà un fil. Alors, recommençons. Il n'y a pas de temps à perdre.

Le voilà au chevet du blessé, toujours aussi immobile qu'un de ces gisants comme on en voit dans certaines cathédrales, mains croisées sur le cœur ou refermées sur une épée.

– Docteur Argoux... c'est moi... Clarieux. Est-ce que vous m'entendez ?

La réponse ne vient pas vite, mais les paupières finissent pas battre lentement.

C'est oui !

– Vous avez reconnu votre agresseur ?

– Oui.

– C'était une femme ?

– Non.

– Est-ce que ça aurait pu être une femme habillée en homme ?

La phrase est un peu longue. Argoux doit se la traduire en images. Il faut attendre. Clarieux serre les poings. Il a l'impression d'être devant un distributeur déréglé ! Et pourtant les paupières battent.

– Non.

C'était donc un homme. Là, on s'appuie sur du solide.

– Un employé ?

– Non.

– Quelqu'un qui vous touche de près ?

Pas de réponse. Clarieux insiste.
– Votre ami William?
– Non!
– Le Dr Melville?
– Non.
– Maud Carrington.
– Non.

Eh bien, voilà qui fait place nette. On commence à y voir plus clair!
– On a voulu voler vos notes?
– Non.
– On a voulu empêcher votre découverte d'être exploitée...

Clarieux se reprend. Sa phrase est trop compliquée. Il cherche une autre formule.
– Est-ce un concurrent?
– Non.

Clarieux est interloqué. De deux choses l'une pourtant. Ou bien on avait l'intention de s'approprier le résultat des travaux du docteur, ou bien on voulait en rendre impossible la commercialisation. Tous ces « non » successifs rendent l'interrogatoire de plus en plus hasardeux. Et cette bonne femme qui écoute. Pour un peu, elle garderait sa montre à la main, prête à intervenir pour interdire la poursuite du dialogue, si on peut appeler ça un dialogue! Clarieux choisit un autre biais.
– Vous savez qui a tué Antoine?
– Oui.
– C'est le même qui vous a frappé?
– Oui.
– Il voulait se venger de quelqu'un?
– Non.

Clarieux se recueille avant de revenir à la charge.
– Est-ce que je peux comprendre les motifs de cet individu?

C'est une question difficile, mais on peut la diviser.

– La vengeance ?

La réponse vient tout de suite.

– Non.

– L'appât du gain ? L'appât ? Vous comprenez ? Le désir...

– Non.

– La jalousie ?

– Non.

– Vous aimez quelqu'un ?

– Oui.

– Vous aimez d'amour ?

– Oui.

– Si je vous cite plusieurs noms, vous accepterez de m'arrêter sur le bon ?

– Non.

– Vous refusez de dire qui vous aimez ?

– Oui.

– C'est le coupable ?

– Oui.

– Allez, dehors, commissaire ! s'insurge l'infirmière. Vous n'avez pas tous les droits.

Clarieux obéit, non par discipline, mais par découragement. Bien malgré lui, le Dr Argoux est son adversaire de loin le plus coriace.

Chapitre 12

Le Pr Levraut est plutôt satisfait.

– Il est possible, dit-il, que notre blessé sorte du coma plus tôt que prévu et dans ce cas le malheureux doit éprouver un grand soulagement à être questionné. C'est comme une lumière qui filtrerait dans une cave. Cela lui permet de se ressaisir, de se retrouver. Il est encore paralysé mais peut-être plus pour très longtemps.

– On peut donc annoncer qu'il y a un grand mieux ? dit Clarieux. Cela est utile pour mon enquête.

– Oui, bien sûr. Je vois où vous voulez en venir. Faites donc.

Le bulletin de santé est communiqué à la presse et Clarieux redouble de précautions. Sa ruse est vieille comme la police, mais on a probablement affaire à un criminel peu retors. Ça doit marcher. L'inspecteur Carrère s'installe à proximité de la chambre, relayé par l'infirmière-major et par le commissaire lui-même, à partir de 22 heures. Il essaie de temps en temps, dans la journée, de rétablir le contact avec Argoux, mais celui-ci ne se prête plus au dialogue, comme s'il se repentait d'avoir laissé paraître des sentiments trop intimes. Le commissaire revient à la charge.

– Vous avez dit qu'il est coupable d'aimer dans votre cas ? Vous maintenez ?

– Oui.

– Est-ce que l'attaque dont vous avez été l'objet a un rapport quelconque avec ce sentiment ?

Silence. Les paupières se crispent. La solution du mystère est là, à portée de question. Clarieux retourne le problème, en vain.

– Est-ce que vous vous étiez querellé avec la personne qui vous a frappé ?

– Non.

– Et la veille ?

– Non.

– Et vous croyez savoir pourquoi on a voulu vous tuer ?

– Oui.

– Pourquoi ?

Silence. Une pause. Le temps, pour Argoux, de se demander s'il doit céder ou s'entêter.

– Vous en voulez à votre agresseur ?

– Non.

– Vous aviez déjà été menacé ?

– Non.

– Pensez-vous qu'il recommencera ?

– Oui.

– Il a tué Antoine. Il a voulu vous tuer. Après vous, s'attaquera-t-il à quelqu'un d'autre ?

– Oui.

– A qui ? A Carrington ?

– Oui.

– A Melville ?

– Oui.

– A tout le monde, alors ?

– Oui.

– Allons, allons ! Vous dites n'importe quoi. Vous cherchez à m'égarer ?

– Oui.

Bon, après tout c'est bien son droit de lutter contre l'indiscret. C'est même la preuve que ses forces reviennent rapidement. A moi, pense Clarieux, de faire le tri. Qu'est-ce que c'est que cette espèce de passion secrète que personne n'a soupçonnée? Et si c'était...

Ce matin-là, Clarieux ne s'est montré nulle part, n'a interrogé personne, n'est même pas allé déjeuner. Il n'est pas sorti de sa chambre, a refoulé la femme de charge qui voulait faire le ménage et, tantôt jeté sur son lit, tantôt arpentant la pièce, il a réfléchi douloureusement. Si par malheur il se trompait, il n'aurait plus qu'à démissionner. Mais il ne se trompe pas. La logique est là; elle crée une évidence aussi éclatante qu'un arc électrique. Une passion qu'on cache à tous, qu'on se cache à soi-même, quand on a soixante-cinq ans et qu'on porte tant de responsabilités à la tête d'un hôpital, une passion, enfin, que seul l'événement a délogée de sa profonde retraite, c'est forcément un amour homosexuel. A partir de là, tout s'éclaire. Enfin, façon de parler! Car qui peut bien être le furieux qui a tué Antoine, blessé gravement Argoux et maintenant menace Carrington, Melville, le monde entier? Quel est ce fou? Sans doute, Argoux a-t-il volontairement exagéré, pour éloigner son tourmenteur de la vérité. Mais l'hypothèse d'un amour coupable reste valable. Et l'on voit tout de suite de qui il s'agit! De Carrington et de lui seul. Le vieux compagnon d'armes, l'ami de toujours qui a voulu Argoux pour fonder et diriger le centre antidouleur et créer en quelque sorte la tête de pont d'une chaîne de multinationales... comme tous ces éléments se complètent bien, se construisent bien! Comme tous les « oui » et tous les « non » du blessé trahissent clairement le pauvre secret qu'il veut cacher. Certes, il y a bien, çà et là, des trous, des contradictions. Par exemple, comment Carrington aurait-il pu tuer Antoine? Mais aussitôt l'explication surgit, péremptoire. Carrington a payé Valérie en lui promettant une situation meilleure. Il sera facile de vérifier. Le petit Carrère tirera au clair cette difficulté. Après tout, Carrington est le patron tout-puissant. Qui sait s'il n'a pas à sa botte d'autres collaborateurs prêts à mentir ou même à lui servir d'hommes de main. Car ce n'est pas lui qui est venu en personne assommer Argoux...

Et si c'était Melville? Le sceptique, l'homme revenu de tout, le plus intelligent de tous? Il ne lui aura pas fallu longtemps pour deviner que Carrington et Argoux... et il est facile d'imaginer la suite... Carrington craignant des bavardages se concilie Melville en y mettant le prix. Et quel prix?

On frappe à la porte.

– Je n'y suis pas! crie Clarieux, rageusement.

Pas question de lâcher la vérité, maintenant qu'on l'a empoignée à la crinière, comme un cheval vicieux! Quel prix? C'est ici qu'intervient la Stretcher. Savoir si Melville n'est pas l'agent double qui renseigne à la fois Carrington sur les projets du rival et inversement! Et qui sait si ce n'est pas Melville, aux ordres de l'adversaire, qui a frappé Argoux pour prendre sa place, détruire ses travaux sur la molécule bêta et favoriser la création d'un holding avec Carrington, la Stretcher s'assurant l'exclusivité des prothèses bon marché et la Carrington gardant la main sur les prothèses haut de gamme. Quoi! se dit Clarieux. Est-ce que Volkswagen porte ombrage à Mercedes et Mercedes à Volkswagen? Alors! Oui! Tout ça a l'air de coller! Mais à condition d'admettre que Carrington a sacrifié son ami le plus cher aux intérêts supérieurs de sa firme ! C'est dur, mais pas impensable ! Sinon, comment comprendrait-on la venimeuse animosité de Maud à l'égard de son père ! Une haine qui va plus loin que le refus d'être le pilote d'essai des nouvelles prothèses ! A aller au fond des choses, un bonsaï, n'est-ce pas un arbre qui dit non à l'espace, à la lumière, qui a honte, en somme, et de soi et de tout ce qui n'est pas rabougri, déformé, humilié ! Ce sont ces êtres tellement sensibles qui sont, plus que d'autres, capables de deviner ce qu'on leur cache ! D'où la rupture mal camouflée de Maud avec l'univers Carrington. Clarieux va boire au robinet de la salle de bains ; cette fois, il touche au but, à cela près qu'aucun de ses suspects n'a pu tuer Antoine. Mais le coupable, le cerveau qui a tout organisé, devait savoir qu'il suffisait d'accélérer brutalement le débit du goutte-à-goutte pour provoquer la mort du patient. Et seul un médecin connaissait ce procédé, ce qui ramenait les soupçons sur Melville ! Clarieux pèse longuement l'argument. Il ne vaut pas cher. Il ne prouve rien, autant dire ! N'importe quelle infirmière devait être renseignée. Cependant, c'est une nouvelle question à poser au blessé. Est-ce que ce point est abordé dans les leçons qui sont faites aux infirmières ? Clarieux sent qu'il piétine, qu'il s'éloigne de la zone centrale du mystère. Il se traite de vieil imbécile ! Il se dit qu'il invente n'importe quoi pour en sortir. Argoux et Carrington... c'est vraiment idiot ! Cependant, il ramène sans cesse sa pensée sur l'obstacle, s'efforce de le survoler. Si Carrington est coupable, le détail qu'il ne faut pas oublier, c'est qu'il est immobilisé depuis trois semaines par une sévère crise de goutte. Il a alors envoyé quelqu'un à sa place... Il suffit donc de reconstituer le groupe chargé de s'occuper d'Antoine. Qui était dans la chambre, le dernier soir, au moment où Valérie allait prendre son service ? Il y avait Valérie elle-même, et le Dr Argoux, pendant deux ou trois minutes, et un troisième personnage auquel une allusion avait été faite, au moment des interrogatoires. Mais qui ?

Il court chez Argoux. Justement l'infirmière-major est en train de talquer Argoux pour lui éviter des escarres...

– Restez à la porte ! dit-elle. Vous voyez bien que vous me gênez.

– Une simple question, dit Clarieux. Qui était dans la chambre d'Antoine, le dernier soir, à part Valérie et lui ?

Elle se redresse, les mains et les avant-bras couverts de poudre blanche. Elle a même de la poudre au coin du nez.

– Personne ! dit-elle. J'ai bien en tête les termes de votre interrogatoire. Il n'y avait personne !

Elle réfléchit, s'essuie le front du dos de la main, ajoute :

– Si, vous avez raison. Valérie a parlé du veilleur de nuit, Marcel... Mais Marcel n'est pas quelqu'un. Il n'a fait qu'entrer et sortir.

– Je peux le voir ?

– Vous le trouverez à la cafétéria. Il n'en bouge pas, dans la journée.

– Merci.

Clarieux s'y rend. Marcel, en effet, perché sur un haut tabouret, boit un apéritif. Clarieux lui pose la question. Marcel répond sans hésiter.

– Il y avait le docteur, Valérie, et puis c'est tout.

– Vous oubliez quelqu'un...

– Non. Je revois la scène...

Clarieux l'interrompt.

– Si vous voyez la scène, c'est que vous étiez là!

Marcel hausse les épaules.

– J'y étais sans y être. Je passais. C'est mon métier de passer! Bonsoir la compagnie. J'étais déjà parti. Je ne vois pas ce que je pourrais ajouter.

De sa main mécanique, il fait tinter son verre sur le comptoir.

– Un autre! C'est ma tournée, commissaire!

Mais Clarieux ne voit plus rien, n'entend plus rien. La vérité vient de l'atteindre en plein visage. Avoir cherché partout la masse, la matraque qui avait abattu Argoux, alors que tout le monde pouvait la voir. C'est trop bête!

– Qu'avez-vous, commissaire?

– Rien... rien.

Mais il ne peut détacher ses yeux de cette main artificielle, aux doigts articulés, brillants.

– Le travail Carrington? demande-t-il.

– Oui.

– Je peux toucher?

Marcel paraît embarrassé, mais laisse Clarieux examiner sa prothèse.

– Extraordinaire! On ne s'aperçoit pas que vous avez une fausse main. Je vous assure. D'abord, vous portez un tricot à manches longues qui cache en grande partie votre infirmité. Et puis vous êtes d'une adresse phénoménale.

– C'est vrai! admet Marcel. Mais ce que vous regardez, ce n'est pas ma main du dimanche. En semaine, je porte cette main qui est moins perfectionnée.

– Et comment tient-elle au bras?

– Facile, dit Marcel. Juste une boucle à desserrer. Voilà!

Le même système, en somme, que pour la

ceinture de Maud? Le même jeu de courroies et d'attelles, à peu de chose près.

– C'est une vraie main, commente Marcel. On m'étonnerait beaucoup si l'on prétendait que je suis infirme.

– Eh bien merci! Vous m'avez été très utile!

Très utile? Beaucoup plus en vérité! Clarieux s'enfuit. Il faut dissimuler à tous qu'il a percé le mystère. Il a gagné la partie. Il courrait presque, tant il a hâte de réconforter le blessé.

Il écarte l'infirmière.

– Je ne le fatiguerai pas. J'en ai pour une minute.

Il s'assied, en murmurant :

– C'est moi, Clarieux.

Il lui prend les mains.

– Ça y est. J'ai compris! J'y ai mis le temps! C'est Marcel... Marcel! Vous entendez?

– Oui.

– Il vous jalousait, n'est-ce pas?

– Oui.

– Ce n'était pas Carrington... Attendez. Je pose la question autrement! Il n'y avait rien, entre vous et Carrington?

– Non.

– Et Marcel agissait donc pour son propre compte?

– Oui.

– C'est avec sa main métallique qu'il vous a frappé?

– Oui.

– On l'avait payé?

– Oui.

– Melville?

– Non.

– Maud, alors? Il ne reste plus qu'elle!

– Oui.

– Voyons! Je m'y perds. Marcel était jaloux... ah, ah...

Clarieux vient de pousser un léger cri et l'infirmière accourt.

– Non, non! dit-il. Ne vous inquiétez pas! C'est moi qui pense tout haut.

Il se penche encore une fois près du blessé.

– Entre vous et Marcel, il y avait Maud! C'est bien ça?

– Oui.

– Mon pauvre ami! Vous aimez Maud?

– Oui.

– Et Marcel, aussi, l'aime.

– Oui.

– Mais pourquoi maintenant? Alors que vous vous rencontrez chaque jour depuis des années?

Silence! Il y a encore quelque chose qui n'a pas été dit et Clarieux cherche en vain. A nouveau, il serre les mains du docteur.

– Je suis votre ami! dit-il. Eh oui, il y a des souffrances que votre molécule ne pourra jamais guérir!

Il doit maintenant rencontrer Maud et avoir avec elle une explication.

Il s'accable de reproches, tout en marchant. Ce qu'il a pu imaginer, quand même! Et il se croyait très fort. Vieille baderne!

Maud, l'air mauvais, l'invite à s'asseoir. Elle attaque tout de suite.

– Je ne suis plus dans le coup, commissaire! Je ne suis plus la fille du grand Carrington. Il est aussi méprisable que les autres!

Elle va, elle vient, sur ses béquilles de pauvresse, avec une adresse confondante. Au passage, elle bouscule les meubles.

– Le pauvre Dr Argoux, commence Clarieux.

Elle pivote sur sa tige et crie, furieuse :

– Paul ne vaut pas mieux. Il est leur complice. Regardez ça !

Elle tend à Clarieux une poignée de dépliants, en détache un.

– Ça, c'est le dernier projet Carrington. Lisez : « Vous qui vous croyez marginalisé par votre infirmité, venez nous rejoindre. Le club des Joyeux Recyclés vous est ouvert. Vous y trouverez amitié, compréhension, bonheur. Grâce aux nouvelles prothèses Carrington, vous passerez complètement inaperçu. La Carrington prendra à sa charge toute réparation ou remplacement d'une pièce défectueuse. Elle reprendra à un taux avantageux toute prothèse d'une marque étrangère qui aurait cessé de vous donner satisfaction. Anciens mutilés, amputés tourmentés par vos membres fantômes, la Carrington sera votre salut. Hâtez-vous ! Prothésez-vous ! »

Maud lui arrache le prospectus et lui en fourre un autre dans la main.

– Celui-là, dit-elle, je vous le recommande !

Et Clarieux lit :

– « Les bêtes changent de peau, les reptiles, les crustacés muent. Vous tous qui portez des prothèses, ne croyez pas que pour la vie vous êtes condamné à la même jambe artificielle, au même bras mécanique. Pourquoi, chaque année, ne feriez-vous pas, vous aussi, peau neuve ? Nos produits se perfectionnent et s'allègent sans cesse. Les vieilles carcasses sont bonnes à jeter. Les prothèses neuves sont au goût du jour, et décorées d'une manière ravissante, si bien que nos clientes doivent être fières de les montrer. En outre, Stretcher met à la disposition des sportifs des modèles qui réduisent l'effort et leur permettent d'exceller dans les sports les plus difficiles, comme le tennis ou la natation. En définitive, les prothèses vous rendront tant de services que vous regretterez de ne pas avoir été amputés plus tôt. »

– Les ordures ! dit Maud. Ils seraient capables de vous mutiler pour vous vendre leur camelote ! Le fric ! Le fric ! Et qui les arrêtera ? Pas Argoux qui est à leur botte ! Pas vous, commissaire, qui fermez les yeux !

– Oh ! quand même !

– Mais si ! Quand on vient vous proposer ça pour le prix d'un transistor...

D'un geste brusque, elle remonte sa jupe et découvre, à côté d'une jambe superbe, une espèce de colonne renforcée par du métal.

– C'est que la pourriture nous guette. Alors, il faut détruire et encore détruire. Contre les Carrington et leurs complices, il n'y a que la bombe !

Clarieux ne peut détacher ses yeux de la jambe offerte, la vraie, la voluptueuse, et il pense au malheureux Argoux, qui soigne depuis si longtemps cette furie qu'il aime comme si elle était à la fois sa fille ingrate et sa maîtresse farouche. Il souffre pour le blessé qui, dans le noir d'un cerveau à demi détruit, doit affronter, heure après heure, ce qui a été son bonheur et son tourment. Quel gâchis !

– J'aurai donc vu, dit-il, une vraie terroriste !

Elle cherche sa respiration comme s'il l'avait giflée et s'appuie lourdement au bord de la table.

– Je vous souhaite d'être attaché pour la vie à ce poteau des tortures, commissaire ! Alors vous saurez peut-être ce que c'est que le terrorisme. C'est la vie qu'il faudrait passer au lance-flammes.

– Allons ! Allons ! Nous mettrons tout cela au clair, tout à l'heure. En attendant, préparez-vous. Je vais revenir vous chercher.

– Vous m'arrêtez ?

– Non. Pas encore. Nous avons à préciser pas mal de points obscurs. Et surtout, nous avons à causer calmement. Que diable ! Nous ne sommes pas en guerre !

– Moi, si !

– Bon, bon. Restez ici, c'est tout ce que je vous demande !

– Et où voulez-vous que j'aille ?

« La pauvre enfant ! » pense Clarieux en descendant à la bibliothèque. « Personne ne peut plus rien pour elle. »

Marcel l'attend, assis au bord d'un fauteuil. Il n'a pas cherché à fuir. Lui aussi peut dire : « Où voulez-vous que j'aille ? » Il s'est changé, comme à la veille d'une cérémonie, et il a mis sa main du dimanche. Il se lève, poliment.

– Reste assis ! ordonne Clarieux. Et maintenant, raconte. Tout ! Pourquoi tu as distribué les lettres anonymes. Pourquoi tu as tué Antoine. Pourquoi tu as assommé le docteur. Tout ! Absolument tout. Ou plutôt non, parce que tu n'en sais trop rien. On te dit : Attaque ! Comme à un chien-loup ! Et tu mords ! Moi, je vais t'expliquer. Ça ira plus vite. Quand Carrington t'a engagé, tu sais pourquoi ? Parce que ta main écrasée lui faisait envie. Oui. Une main à refaire, ça valait le coup. Il savait que tu ne lui servirais pas à grand-chose comme veilleur de nuit. Mais tu étais un blessé du débarquement, un mutilé comme sa fille. Tout est parti de là ! Oui ou non ?

Hochement de tête affirmatif.

– Alors, Maud et toi, vous êtes devenus très vite plus que des amis, des complices. Tu te serais jeté dans le feu pour elle. Tu as partagé ses colères, ses révoltes... Réponds.

– Oui.

– Carrington vous raccommodait tous les deux, la main, la jambe et à mesure qu'il vous libérait de vos pesanteurs, vous lui en vouliez ensemble de sa dureté d'inventeur pour qui le patient n'est rien et la mécanique est tout, et ce trait de caractère, vous le découvriez aussi chez le Dr Argoux. Alors, peu à peu, le projet de Maud a pris corps. Il fallait compromettre le centre, en détruire l'image de marque dans l'opinion publique.

Marcel s'anime, veut prendre la parole.

– Tais-toi ! dit Clarieux. Je sais mieux que toi ce qui va se passer. D'abord, les lettres anonymes, écrites par Maud. Et puis le pauvre Antoine ! C'est elle qui l'a condamné et c'est toi qui l'as fait. Elle t'a expliqué que tu devais ouvrir en grand le goutte-à-goutte, détail qui lui avait été enseigné par Valérie. Toi, personne ne te voyait. Par tes attributions, tu étais partout chez toi. Tu exécutes donc Antoine. Est-ce que tu t'es demandé pourquoi ? Non, n'est-ce pas ? Maud l'avait ordonné, ça suffisait. Eh bien, elle a sacrifié Antoine pour que la police soit amenée au centre et commence à fureter. Plus son enquête serait longue et difficile, et plus le scandale serait juteux. Ah ! le mot te fait rire ! Tu es vraiment l'idiot du village. Et après, qu'est-il arrivé ? L'apparition de la société rivale qui, elle aussi, se proposait de détruire la Carrington. Et je sais, maintenant, qu'elle y a réussi à moitié. Je ne parle pas de Melville. Il a embrouillé les cartes mais rien de plus. L'ordre de supprimer Argoux est venu de la Stretcher. Il fallait à tout prix empêcher Argoux de traiter avec d'autres compagnies, et le risque était grand. Donc la société rivale a pris contact avec Maud, et ton amie Maud, hors d'elle, dégoûtée, poussée à bout et de plus en plus anarchiste, t'a dit : « Assomme-le! Il ne vaut pas mieux que les autres. » Et toi, tu t'es empressé d'obéir, parce que tu détestes Argoux, hein? Tu avais compris qu'il regardait Maud d'une certaine façon. Si tu avais pu aboyer, il y a longtemps que tu lui aurais sauté dessus, parce que Maud, elle était à toi, rien qu'à toi? Allez, debout! Je t'emmène!

Marcel marche devant. Il renifle. De temps en temps, d'un revers de manche, il s'essuie le nez. Maud devait écouter, derrière sa porte, car elle ne laisse pas le temps à Clarieux de frapper. Elle ouvre et dit au commissaire :

– Je suis prête! Entrez.

Elle a rangé la chambre et changé de vêtement. Elle a repris ses vieilles béquilles de mendiante.

– Je vous suis, commissaire. Marcel, prends ma valise.

– Vous oubliez un paquet, dit Clarieux.

– Non, c'est mon baobab.

– Vous croyez que vous aurez besoin d'un baobab en prison?

Elle défie le commissaire du regard et murmure :

– Je saurai l'empêcher de grandir.

DES MÊMES AUTEURS

Aux Éditions Gallimard

Dans la collection Folio Junior

SANS-ATOUT CONTRE L'HOMME À LA DAGUE. *Illustrations de Daniel Ceppi, n° 180.*

SANS-ATOUT ET LE CHEVAL FANTÔME. *Illustrations de Daniel Ceppi, Paul Hagarth et Gilles Scheid, n° 476* (édition spéciale).

LES PISTOLETS DE SANS-ATOUT. *Illustrations de Daniel Ceppi, n° 523.*

Aux Éditions Denoël

CELLE QUI N'ÉTAIT PLUS, *dont H. G. Clouzot a tiré son film* Les Diaboliques. (Folio n° 326)

LES LOUVES, *porté à l'écran par Luis Saslavsky et remake par la S.F.P.* (Folio n° 385)

D'ENTRE LES MORTS, *dont A. Hitchcock a tiré son film* Sueurs froides. (Folio n° 366)

LE MAUVAIS ŒIL. (Folio n° 781)

LES VISAGES DE L'OMBRE, *porté à l'écran par David Easy.* (Folio n° 1653)

À CŒUR PERDU, *dont Étienne Périer a tiré son film* Meurtre en 45 tours. (Folio n° 197)

LES MAGICIENNES, *porté à l'écran par Serge Friedman.* (Folio n° 178)

L'INGÉNIEUR AIMAIT TROP LES CHIFFRES. (Folio n° 1723)

MALÉFICES, *porté à l'écran par Henri Decoin.* (Folio Policier n° 41)

MALDONNE, *porté à l'écran par Sergio Gobbi.*

LES VICTIMES.

LE TRAIN BLEU S'ARRÊTE TREIZE FOIS *(nouvelles).*

... ET MON TOUT EST UN HOMME *(prix de l'Humour noir 1965).* (Folio n° 247)

LA MORT A DIT PEUT-ÊTRE.

LA PORTE DU LARGE *(téléfilm).*

DELIRIUM.

LES VEUFS.

LA VIE EN MIETTES.

MANIGANCES *(nouvelles).* (Folio n° 1743)

OPÉRATION PRIMEVÈRE *(téléfilm).*

FRÈRE JUDAS.

LA TENAILLE.

LA LÈPRE.

L'ÂGE BÊTE *(téléfilm).*

CARTE VERMEIL *(téléfilm).* (Folio n° 1212)

LES INTOUCHABLES. (Folio n° 1595)

TERMINUS. (Folio n° 1386)

BOX-OFFICE.

MAMIE.

LES EAUX DORMANTES.

LE CONTRAT.

LE BONSAÏ.

LE SOLEIL DANS LA MAIN.

SCHUSS. (Folio n° 3002)

CHAMP CLOS. (Folio n° 3049)

SUEURS FROIDES. (Folio Policier n° 70)

À la Librairie des Champs-Élysées

LE SECRET D'EUNERVILLE.

LA POUDRIÈRE.

LE SECOND VISAGE D'ARSÈNE LUPIN.

LA JUSTICE D'ARSÈNE LUPIN.

LE SERMENT D'ARSÈNE LUPIN.

Aux Presses Universitaires de France

LE ROMAN POLICIER *(Coll. Que sais-je ?).*

Aux Éditions Payot

LE ROMAN POLICIER *(épuisé).*

Aux Éditions Hatier – G.-T. Rageot

SANS-ATOUT ET LE CHEVAL FANTÔME.

SANS-ATOUT CONTRE L'HOMME À LA DAGUE.

LES PISTOLETS DE SANS-ATOUT *(romans policiers pour la jeunesse).*

DANS LA GUEULE DU LOUP.

L'INVISIBLE AGRESSEUR.

Impression Brodard et Taupin
à La Flèche (Sarthe),
le 16 juin 1999.
Dépôt légal : juin 1999.
Numéro d'imprimeur : 1940W.

ISBN 2-07-040824-8 / Imprimé en France.

89502